TRANZLATY

El idioma es para todos

Мова для всіх

Las Aventuras de Alicia en el País de las Maravillas

Пригоди Аліси в Країні Чудес

Lewis Carroll
Льюїс Керролл

Español / Українська

Por la madriguera del conejo
У кролячу нору

Alicia empezaba a cansarse mucho

Аліса почала дуже втомлюватися

Estaba sentada junto a su hermana en el banco de hierba

Вона сиділа біля сестри на трав'яному березі

Pero ella no tenía nada que hacer

Але їй не було чого робити

Su hermana estaba leyendo un libro

Її сестра читала книжку

una o dos veces Alicia echó un vistazo al libro

раз чи два Аліса заглядала в книжку

Pero el libro no contenía imágenes ni conversaciones

Але в книзі не було ні картинок, ні розмов

«¿De qué sirve un libro sin imágenes?», pensó Alicia

«Яка користь від книжки без картин?» — подумала Аліса

"¿Por qué un libro no tendría conversaciones?"

— Чому в книзі немає розмов?

Pero tenía otras cosas que considerar

Але в неї були інші речі, які треба було врахувати

"Hacer una cadena de margaritas sería un placer"
«Зробити ланцюжок з ромашок було б одне задоволення»
"¿Pero vale la pena el esfuerzo de levantarse y recoger las margaritas?"
"Але чи варто докладати зусиль, щоб встати і зібрати ромашки??"
No era tan fácil pensar en esto
Про це було не так просто подумати
porque el día la estaba haciendo sentir somnolienta y estúpida
Тому що день змушував її почуватися сонною і дурною
Pero de repente sus pensamientos se vieron interrumpidos
Але раптом її думки перервалися
un conejo blanco de ojos rosados corrió cerca de ella
Поруч з нею пробіг Білий Кролик з рожевими очима

No había nada demasiado notable en el conejo
У кролику не було нічого надто примітного
y Alicia tampoco pensó que el conejo fuera notable
і Аліса теж не вважала кролика нічим примітним
ni le extrañó que el Conejo hablara

І її не здивувало, коли Кролик заговорив

"¡Oh, Dios mío! ¡Llegaré demasiado tarde!", se dijo a sí mismo

— Ой, рідненький! Я запізнюся!» — сказав він сам до себе

pero entonces el Conejo hizo algo que los conejos no hacían

але потім Кролик зробив те, чого не робили кролики

el Conejo sacó un reloj del bolsillo de su chaleco

Кролик вийняв з кишені жилета годинник

Miró la hora y luego se apresuró a seguir adelante

Він подивився на час, а потім поспішив далі

Alicia se puso en pie, asombrada

Аліса здивовано підвелася на ноги

¡Nunca antes había visto un conejo con chaleco!

Вона ніколи раніше не бачила кролика в жилеті!

¡Tampoco había visto nunca un conejo con reloj!

І вона ніколи не бачила кролика з годинником!

Alicia ardía con una nueva curiosidad

Аліса горіла новою цікавістю

y corrió por el campo tras el Conejo

І вона побігла по полю за Кроликом

Llegó justo a tiempo para ver desaparecer al conejo

Вона якраз встигла побачити, як кролик зник

El conejo saltó a una gran madriguera

Кролик стрибнув у велику кролячу нору

¡En otro momento, Alicia bajó detrás del conejo!

Ще мить — і Аліса пішла за кроликом!

La madriguera del conejo seguía recto como un túnel

Кроляча нора йшла навпростець, як тунель

Y el túnel siguió avanzando a cierta distancia

І тунель продовжував йти на деяку відстань

Y entonces el camino de repente se hundió

І тут стежка раптом опустилася вниз

Alicia no tuvo ni un momento para pensar en detenerse

Аліса ні хвилини не думала про те, щоб зупинити себе

Se encontró a sí misma cayendo y abajo y abajo

Вона помітила, що падає вниз і вниз

Parecía como si hubiera caído en un pozo muy profundo

Здавалося, ніби вона впала в дуже глибокий колодязь

O el pozo era muy profundo, o ella caía muy lentamente

Або колодязь був дуже глибокий, або вона падала дуже повільно

porque tenía tiempo de sobra para caer

Тому що у неї було достатньо часу, щоб впасти

Mientras caía, podía mirar a su alrededor

Коли вона падала, вона могла озирнутися навколо себе

Primero, trató de averiguar a dónde iba

Спочатку вона намагалася розібрати, куди йде

Pero el pozo estaba demasiado oscuro para ver nada

Але в колодязі було надто темно, щоб щось розгледіти

Luego miró a los lados del pozo

Потім подивилася на стінки колодязя

Y se dio cuenta de que había armarios a su alrededor

І вона помітила, що навколо неї стоять шафи

y alrededor del pozo había estanterías de libros

А навколо криниці стояли книжкові полиці

Aquí y allá veía mapas y cuadros colgados de perchas

То тут, то там вона бачила карти і картини, вивішені на кілочках

Al pasar, bajó un frasco de una de las estanterías

Проходячи повз, вона зняла банку з однієї з полиць

El frasco estaba etiquetado por su contenido

Баночка була промаркована за її вміст

"MERMELADA DE NARANJAS"

"МАРМЕЛАД З АПЕЛЬСИНІВ"

Pero, para su gran decepción, el frasco de mermelada estaba vacío

Але, на її велике розчарування, баночка з мармеладом виявилася порожньою

No quería dejar caer el tarro de mermelada vacío

Вона не хотіла кидати порожню баночку з-під мармеладу

y su caída fue muy lenta

І падіння її було дуже повільним

Así que se las arregló para poner el frasco de mermelada en uno de los armarios

Так вона примудрилася поставити банку з мармеладом в одну з шаф

¡Abajo, abajo, abajo, ella cae!

Вниз, вниз, вниз вона падає!

¿Llegaría alguna vez la caída a su fin?

Чи закінчиться коли-небудь падіння?

No había nada más que hacer

Більше робити було нічого,

así que Alicia pronto empezó a hablar consigo misma

Тож незабаром Аліса почала розмовляти сама з собою

—¡Dinah me echará mucho de menos esta noche, creo!

"Діна буде дуже сумувати за мною сьогодні ввечері, я повинен подумати!"

Dinah era la gata de Alicia

Діна була кішкою Аліси

"Espero que se acuerden de su plato de leche a la hora del té"

«Сподіваюся, вони згадають про її блюдце з молоком під час чаювання»

—¡Dinah, querida, desearía que estuvieras aquí abajo conmigo!

— Діна, моя люба, я б хотіла, щоб ти була тут зі мною!

Alicia sintió que se estaba quedando dormida

Аліса відчула, що задрімає

Y de repente, ¡pum! ¡golpe!

А потім раптом, туп! Туп!

Cayó sobre un montón de palos

Внизу вона впала на купу палиць

y aterrizó sobre un montón de hojas secas

І вона приземлилася на купу сухого листя

Y finalmente la larga caída por el agujero había terminado

І нарешті довге падіння вниз по ямі скінчилося

Alicia no estaba herida en lo más mínimo

Аліса анітрохи не постраждала

Y se levantó de un salto en un momento

І вона за мить схопилася

Alzó la vista, pero todo estaba oscuro sobre su cabeza

Вона підвела очі, але над головою було все темно

Frente a ella había otro largo pasillo
Перед нею був ще один довгий коридор
y el Conejo Blanco seguía a la vista
а Білий Кролик все ще був на виду
Corría por el pasillo
Він поспішав коридором
No había un momento que perder
Не було жодної хвилини, щоб бути втраченою
Alicia salió corriendo como el viento
побігла Аліса, як вітер
A la vuelta de la esquina giró el conejo
З-за рогу повернувся кролик
Llegó justo a tiempo para oír al conejo
Вона якраз встигла, щоб почути кролика
"Oh, mis orejas y bigotes"
"Ох вже мої вуха і вуса"
"¡Qué tarde se está haciendo!"
— Як пізно!
Estaba muy cerca del conejo
Вона була тісно позаду кролика
Dobló otra esquina
Вона обернулася за інший кут
pero el Conejo ya no se dejaba ver
але Кролика вже не було видно
Se encontró en un pasillo largo y bajo
Вона опинилася в довгому низькому залі
La sala estaba iluminada por una hilera de lámparas de techo
Зал освітлювався рядом стельових світильників
Había puertas por todo el pasillo
По всьому залу стояли двері
pero todas las puertas estaban cerradas con llave
Але всі двері були замкнені
Caminó por un lado del pasillo
Вона пройшла весь шлях по одному боці коридору
Y ella había caminado todo el camino hasta el otro lado de la sala
І вона пішла аж по той бік зали

Había intentado todas las puertas
Вона перевірила всі двері
Y caminó tristemente por el centro del pasillo
І вона сумно йшла посеред зали
"¿Cómo voy a volver a salir?"
— Як я знову вийду?

De repente se encontró con una mesita
Раптом вона натрапила на маленький столик
La mesa estaba hecha completamente de vidrio macizo
Стіл був повністю виготовлений з цільного скла
No había nada sobre la mesa, excepto una pequeña llave dorada
На столі не було нічого, крім крихітного золотого ключика
¡La llave podría pertenecer a una de las puertas!
Ключ може належати одній з дверей!
Pero, ¡ay! Algunas de las cerraduras eran demasiado grandes para las llaves
Але, на жаль! Деякі замки були занадто великими для ключів

y para las otras cerraduras la llave era demasiado pequeña

а для інших замків ключ був замалий

Pero, en cualquier caso, la llave no abrió ninguna de las puertas

Але, у всякому разі, ключ не відчинив жодних дверей

Pero, ¿qué iba a hacer ella?

Але що їй було робити?

Volvió a atravesar el pasillo

Вона знову пройшла через зал

Y esta vez se fijó en una cortina baja

І цього разу вона помітила низьку завісу

Detrás de la cortina había una puertecita

За завісою були маленькі дверцята

La puerta tenía unos quince centímetros de alto

двері були близько п'ятнадцяти дюймів заввишки

Probó la pequeña llave dorada en la cerradura

Вона спробувала маленький золотий ключик у замку

Y para su gran deleite, ¡la llave encajó en la cerradura!

І на її превелику радість, ключ помістився в замок!

Alicia abrió la puerta

Аліса відчинила двері

Y encontró que la puerta daba a un pequeño pasillo

І вона побачила, що двері ведуть у маленький коридор

El corredor no era mucho más grande que una madriguera de ratas

Коридор був не набагато більший за щурячу нору

Se arrodilló y miró a lo largo del pasillo

Вона стала на коліна і подивилася по коридору

Y ella vio el jardín más hermoso que jamás hayas visto

І вона побачила найпрекрасніший сад, який ви коли-небудь бачили

¡Cómo anhelaba salir de ese oscuro salón

Як вона прагнула вибратися з тієї темної зали

cómo quería vagar entre esas flores brillantes

Як їй хотілося блукати серед тих яскравих квітів

¡Qué genial se veían esas fuentes

Як круто освіжаюче виглядали ті фонтани

Pero ni siquiera podía meter la cabeza por la puerta
Але вона навіть не могла просунути голову в дверний
проріз
-¡Oh! -exclamó Alicia con tristeza-
- О, - сумно сказала Аліса
"¡Cómo desearía poder plegarme como un telescopio!"
— Як би мені хотілося скластися, як підзорна труба!
"Creo que podría plegarme como un telescopio"
"Я думаю, я міг би склатися, як підзорна труба"
"Si supiera cómo empezar"
"Якби я тільки знала, з чого почати"
Alicia volvió a la mesa
Аліса повернулася до столу
Existía la posibilidad de encontrar otra llave
Був шанс знайти інший ключ
O podría haber un libro de reglas
Або може бути книга правил
El libro podría decirle cómo plegarse como un telescopio
Книга могла б розповісти їй, як складатися, як підзорна
труба
Esta vez encontró una botellita
Цього разу вона знайшла маленьку пляшечку
—Esta botella no estaba aquí antes —dijo Alicia—
— Цієї пляшки тут уже точно не було, — сказала Аліса
**y atada alrededor del cuello de la botella había una etiqueta
de papel**
А на шийці пляшки зав'язана паперова етикетка
La etiqueta estaba bellamente impresa en letras grandes
Етикетка була красиво надрукована великими літерами
"BÉBEME"
"ПИЙ МЕНЕ"
—No, miraré primero —dijo ella—
— Ні, я спочатку подивлюся, — сказала вона
"Veré si la botella está marcada como venenosa o no"
«Я подивлюся, чи позначена пляшка як отруйна чи ні»,
porque nunca olvidó la lección sobre el veneno
Тому що вона ніколи не забувала урок про отруту

"Si una botella está etiquetada como venenosa, es probable
que no esté de acuerdo contigo"

«Якщо на пляшці є позначка «Отруйна», вона обов'язково
з вами не погодиться»

Sin embargo, esta botella no estaba marcada como venenosa

Однак ця пляшка не була позначена як отруйна

así que Alicia se aventuró a probar el contenido de la botella

Тож Аліса наважилася спробувати вміст пляшки

Encontró el líquido bastante de su agrado

Рідина їй цілком припала до душі

La bebida tenía una especie de sabor mezclado

Напій мав своєрідний змішаний смак

tarta de cerezas, natillas y piña

вишневий пиріг, заварний крем і ананас

Pavo asado, caramelo y tostadas con mantequilla caliente

Запечіть індичку, іриски та тости з гарячим вершковим
маслом

Y pronto acabó la botella

І незабаром вона допила пляшку

-¡Qué sensación tan curiosa! -exclamó Alicia-

— Яке цікаве відчуття, — сказала Аліса

"¡Me estoy pliegando como un telescopio!"

— Я складаюся, як підзорна труба!

¡Y se estaba pliegando como un telescopio!

І вона справді складалася, як підзорна труба!

Ahora solo medía diez pulgadas de alto

Тепер вона була лише десять дюймів заввишки

y su rostro se iluminó con sus pensamientos

І обличчя її посвітлішало від думок

Ahora ella tenía el tamaño adecuado para la pequeña puerta

Тепер вона була відповідного розміру для маленьких
дверей

Ahora podía entrar en ese hermoso jardín

Тепер вона могла піти в той чудовий сад

Pronto dejó de hacerse más pequeña

Незабаром вона перестала ставати менше

Decidió ir al jardín de inmediato

Вона вирішила відразу ж піти в сад
pero, ¡ay de la pobre Alicia!
але, на жаль для бідної Аліси!
Llegó a la puerta
Вона підійшла до дверей
Pero había olvidado la pequeña llave de oro
Але вона забула про маленького золотого ключика
Volvió a la mesa en busca de la llave
Вона повернулася до столу за ключем
Pero se dio cuenta de que no podía llegar lo suficientemente alto
Але вона виявила, що не може піднятися досить високо
Podía ver la llave claramente a través del cristal
Вона цілком виразно бачила ключ крізь скло
Trató de trepar por las patas de la mesa
Вона спробувала залізти на ніжки столу
Pero el cristal era demasiado resbaladizo
Але скло було занадто слизьким
Con el tiempo se cansó de intentarlo
Врешті-решт вона втомилася від спроб
Y la pobre niña se sentó y lloró
А бідна дівчинка сіла і заплакала
Alicia se habló a sí misma con bastante brusquedad
— досить різко заговорила сама до себе Аліса
"¡Vamos, no sirve de nada llorar así!"
— Ходімо, даремно так плакати!
"¡Te aconsejo que te detengas ahora mismo!"
— Раджу зупинитися саме в цю хвилину!
En general, se daba muy buenos consejos
Вона взагалі давала собі дуже добрі поради
aunque muy rara vez seguía sus propios consejos
Хоча вона дуже рідко слідувала власним порадам
Y a veces era demasiado dura consigo misma
І вона іноді була занадто сувора до себе
y sus palabras hicieron que se le llenaran los ojos de lágrimas
І її слова викликали сльози на очах

Pronto sus ojos se posaron en una cajita de cristal

Незабаром її погляд упав на маленьку скляну коробочку

La cajita de cristal estaba debajo de la mesa

Маленька скляна коробочка лежала під столом

En la caja de cristal había un pastel muy pequeño

У скляній коробочці лежав дуже маленький торт

En el pastel, algunas palabras estaban bellamente escritas

На торті були красиво написані якісь слова

Las palabras habían sido marcadas con grosellas

Слова були позначені на смородині

"CÓMEME"

"З'ЇЖ МЕНЕ"

—Bueno, me comeré el pastel —dijo Alicia—

- Ну, я з'їм торт, - сказала Аліса

"y si el pastel me hace crecer, puedo llegar a la llave"

"І якщо торт змусить мене стати більшим, я зможу дотягнутися до ключа"

"y si el pastel me hace más pequeño, puedo arrastrarme por debajo de la puerta"

"А якщо торт змусить мене стати меншим, я можу залізти під двері"

"así que de cualquier manera me meteré en el jardín"

"Так що в будь-якому випадку я потраплю в сад"

"¡Y no me importa cuál de los dos suceda!"

— І мені байдуже, що з двох станеться!

Se comió un pedacito del pastel

Вона з'їла трохи торта

Y se habló a sí misma con ansiedad:

І вона занепокоєно сказала сама до себе:

—¿De qué manera? ¿Hacia dónde?

"В який бік? В який бік?»

Y se llevó la mano a la cabeza

І вона тримала свою руку на голові

Quería sentir de qué manera estaba creciendo

Вона хотіла відчувати, в який бік вона росте

Se sorprendió bastante al descubrir lo que había sucedido

Вона була дуже здивована, дізнавшись, що сталося

¡Había permanecido del mismo tamaño!
Вона залишилася того ж розміру!
Así que esta vez redobló sus esfuerzos
Тож цього разу вона подвоїла свої зусилля
Y pronto terminó todo el pastel
І незабаром вона доїла весь торт

El charco de lágrimas
Калюжа сліз

-¡Esto se está poniendo cada vez más interesante! -exclamó Alicia-

«Це стає все цікавіше!» — вигукнула Аліса

Se puede ver que estaba muy sorprendida

Бачите, вона була дуже здивована

"¡Me estoy abriendo como el telescopio más grande que jamás haya existido!"

— Я відкриваюся, наче найбільший телескоп, який коли-небудь був!

—¡Adiós, pies! ¡Oh, mis pobres piecitos!

— До побачення, ноги! Ох, бідні мої ніжки"

"Me pregunto quién se pondrá sus zapatos por ustedes ahora, queridos".

— Цікаво, хто вам тепер взується, дорогі?

—¿Y me pregunto quién se pondrá las medias?

— А цікаво, хто одягне твої панчохи?

"Estaré demasiado lejos"

«Я буду занадто далеко»

"No podré preocuparme más por ti"

«Я більше не зможу турбуватися про тебе»

Justo en ese momento su cabeza golpeó contra algo

Саме в цей момент її голова вдарилася об щось

Había llegado al techo de la sala

Вона дійшла до даху залу

De hecho, ahora medía más de dos metros de altura

Насправді тепер вона була зростом понад два метри

Y al instante tomó la pequeña llave de oro

І вона відразу ж узялася за маленький золотий ключик

Y se apresuró a llegar a la puerta del jardín

І вона поспішила до дверей саду

¡Pobre Alicia! No había mucho que pudiera hacer

Бідолашна Аліса! Вона мало що могла зробити

Se acostó de lado

Вона лягла на один бік

Y miró al jardín con un ojo

І вона одним оком подивилася в сад

Pero salir adelante era más desesperado que nunca

Але достукатися було як ніколи безнадійно

Se sentó y comenzó a llorar de nuevo

Вона сіла і знову почала плакати

Siguió derramando galones de lágrimas

Вона продовжувала лити галони сліз

Pronto había un gran estanque a su alrededor

Незабаром навколо неї з'явився великий басейн

Y el agua llegaba hasta la mitad del pasillo

І вода сягала до половини коридору

Al cabo de un rato, oyó un pequeño golpeteo de pies

Через деякий час вона почула легке тупотіння ніг

Oyó los pasos que venían de lejos

Вона почула здалеку ноги, що долинали

Y se secó los ojos apresuradamente para ver lo que venía

І вона поспіхом висушила очі, щоб побачити, що буде

Era el Conejo Blanco que regresaba

Це був Білий Кролик, який повертався

Iba espléndidamente vestido

Він був пишно одягнений

Tenía un par de guantes blancos en una mano

В одній руці він тримав пару білих рукавичок

y tenía un gran abanico de plumas en la otra mano

А в другій руці у нього було велике віяло з пір'я

Llegó trotando a toda prisa

Він ішов риссю у великому поспіху

y murmuró para sí: "¡Oh! ¡La duquesa, la duquesa!

І він пробурмотів сам до себе: "О! герцогині, герцогині!»

—¡Oh! ¡No será salvaje si la he hecho esperar!

— Отакої! Чи не буде вона дикою, якщо я змусив її чекати!»

Cuando el Conejo se acercó a ella, Alicia habló

Коли Кролик підійшов до неї, Аліса заговорила

Pero ella hablaba en voz baja y tímida

Але вона говорила низьким, боязким голосом

"Señor, por favor, deje de hacer lo que está haciendo por un momento"

", будь ласка, припиніть те, що ви робите хоча б на мить"

El Conejo se sobresaltó violentamente

— люто здригнувся Кролик

Dejó caer los guantes blancos y el abanico de plumas

Він скинув білі рукавички і віяло з пір'я

Y se escabulló en la oscuridad lo más rápido que pudo

I він помчав у темряву так швидко, як тільки міг

Alicia recogió el abanico de plumas y los guantes

Аліса підібрала віяло з пір'я і рукавички

Y no paraba de abanicarse mientras seguía hablando

I вона продовжувала розмахувати віялом, поки говорила

"¡Querido, querido! ¡Qué extraño es todo hoy!"

"Шановний, рідненький! Як дивно все сьогодні!»

"Ayer las cosas siguieron como siempre"

"Вчора все йшло як завжди"
—¿Era yo el mismo cuando me levanté esta mañana?
"Чи був я таким самим, коли прокинувся сьогодні вранці?"
"Pero si no soy el mismo, hay otra cuestión"
"Але якщо я не той, то є інше питання"
"¿Quién demonios soy yo?"
«Хто я в світі?»
"¡Ah, ese es el gran rompecabezas!"
— Ах, це чудова головоломка!
Al decir esto, se miró las manos
Сказавши це, вона опустила очі на свої руки
Llevaba uno de los Conejos, gusanos blancos
Вона була одягнена в одну з маленьких білих рукавичок
кроликів
**No se había dado cuenta de que se había puesto el guante
mientras hablaba**
Вона не помітила, як одягла рукавичку під час розмови
"**¿Cómo pude haber hecho eso?**", pensó
«Як я могла це зробити?» — подумала вона
"**Debo estar haciéndome pequeño otra vez**"
«Мабуть, я знову стану маленьким»
Se levantó y se acercó a la mesa para medir su altura
Вона встала і підійшла до столу, щоб виміряти свій зріст
**Descubrió que ahora medía aproximadamente medio metro
de altura**
Вона виявила, що тепер її зріст становить близько
півметра
Y ella seguía encogiéndose rápidamente
І вона все ще швидко зменшувалася
Pronto descubrió cuál era la causa del encogimiento
Незабаром вона з'ясувала, в чому причина скорочення
**¡El abanico de plumas la estaba haciendo más pequeña de
nuevo!**
Віяло з пір'я знову робило її меншою!
Y dejó caer el abanico de plumas apresuradamente
І вона поспіхом скинула віяло з пір'я
Dejó caer el abanico de plumas justo a tiempo para salvarse

Вона скинула віяло з пір'я якраз вчасно, щоб врятуватися
Si se hubiera abanicado por más tiempo, se habría encogido por completo
Якби вона розмахувала віялом, то зовсім відсахнулася б
-¡Ha sido una fuga por los pelos! -dijo Alicia-
— Це була невелика втеча, — сказала Аліса
Y se asustó mucho ante el cambio repentino
І вона дуже злякалася раптової зміни
pero estaba muy contenta de encontrarse todavía en existencia
Але вона була дуже рада, що все ще існує
—¡Y ahora, al jardín!
— А тепер до саду!
Y corrió a toda prisa hacia la puertecita
І вона щодуху побігла назад до маленьких дверей
Pero, ¡ay! La puertecita se cerró de nuevo
Але, на жаль! Маленькі двері знову зачинилися
Y la pequeña llave de oro volvía a estar sobre la mesa de cristal
І маленький золотий ключик знову лежав на скляному столі
"Las cosas están peor que nunca", pensó el pobre niño
«Справи гірші, ніж колись», — подумала бідна дитина
"Nunca antes había sido tan pequeño como esto, ¡nunca!"
— Я ще ніколи не була такою маленькою, як ця, ніколи!
Al decir estas palabras, su pie resbaló
Коли вона вимовляла ці слова, її нога послизнулася
¡Y en otro momento hubo un gran chapoteo!
А ще за мить пролунав великий сплеск!
Estaba sumergida en agua salada hasta la barbilla
Вона була по підборіддя в солоній воді
Su primera idea fue que de alguna manera había caído al mar
Її перша думка полягала в тому, що вона якимось чином впала в море
Sin embargo, pronto se dio cuenta de en qué estaba metida
Однак незабаром вона зрозуміла, в чому опинилася

Estaba en un charco de lágrimas

Вона була в калюжі сліз

las lágrimas que había llorado cuando tenía dos metros de altura

Сльози вона виплакала, коли була два метри на зріст

Justo en ese momento escuchó algo

І тут вона щось почула

Algo chapoteaba en la piscina

У басейні щось хлюпалося

El chapoteo venía de un poco más lejos

Бризки долинали трохи здалеку

Y se acercó nadando para ver qué era el chapoteo

І вона підпливла ближче, щоб подивитися, що це за бризки

Pronto vio que era solo un ratoncito

Незабаром вона побачила, що це лише маленьке мишеня

El ratoncito también se había metido en el agua

Маленьке мишеня теж прослизнуло у воду

Alicia pensó para sí misma sobre la situación

Аліса задумалася над ситуацією

—¿Serviría de algo hablar con este ratón?

— Чи було б корисно розмовляти з цією мишею?

"Aquí todo está tan al revés"

"Тут все так догори дригом"

"Creo que es muy probable que este ratón pueda hablar"

"Я думаю, що дуже ймовірно, що ця миша вміє розмовляти"

"En cualquier caso, no hay nada de malo en intentarlo"

«У всякому разі, немає нічого поганого в тому, щоб спробувати»

Así que empezó a tratar de hablar con el ratón

Тож вона почала намагатися розмовляти з мишею

"Oh Ratón, ¿conoces la forma de salir de esta piscina?"

— Ой, Мишко, ти знаєш вихід із цієї калюжі?

—¡Estoy muy cansado de nadar por aquí, oh ratón!

— Мені дуже набридло тут плавати, о Мишко!

El ratón la miró con curiosidad

Мишка досить допитливо подивилася на неї

El ratón parecía guiñar un ojo con uno de sus ojitos

Мишка ніби підморгнула одним зі своїх маленьких оченят

Pero el ratoncito no dijo nada

Але мишеня нічого не сказало

"A lo mejor el ratón no entiende inglés", pensó Alicia

"Можливо, мишка не розуміє англійської", - подумала Аліса

"Me atrevo a decir que es un ratón francés"

"Насмілюсь сказати, що це французька миша"

"tal vez este ratón vino con Guillermo el Conquistador"

"можливо, ця миша перейшла до Вільгельма Завойовника"

Así que empezó de nuevo, en francés

Так вона знову почала, французькою мовою

"¿Dónde está mi gato?", preguntó en francés

«Де мій кіт?» — запитала вона французькою

era la primera frase de su libro de clases de francés

це було перше речення в її підручнику з французької мови

El Ratón dio un súbito salto fuera del agua

Мишка різко вистрибнула з води

y el ratón pareció temblar de miedo

А миша наче здригнулася від переляку

-¡Oh, le ruego que me perdone! -exclamó Alicia apresuradamente-

"О, прошу пробачення!" – квапливо вигукнула Аліса

Temía haber herido los sentimientos del pobre animal

Вона боялася, що зачепила почуття бідолашної тварини

"Olvidé que no te gustaban los gatos"

"Я зовсім забула, що ти не любиш котів"

—¡No me gustan los gatos! —exclamó el ratón con voz estridente y apasionada—

«Я не люблю кішок!» — вигукнула Мишка пронизливим, пристрасним голосом

—¿Te gustaría tener gatos, si fueras yo?

— Чи хотіли б ти котів, якби був на моєму місці?

Alicia consoló al ratón en un tono tranquilizador

Аліса заспокоїла мишеня заспокійливим тоном

"Bueno, tal vez a mí tampoco me gustarían los gatos si fuera tú"

"Ну, можливо, я б і на вашому місці не любив котів"

"Por favor, no te enfades por la mención de los gatos"

"Будь ласка, не сердьтеся через згадку про котів"

"Y, sin embargo, desearía poder mostrarte a nuestra gata Dinah"

"І все ж таки я хотів би показати тобі нашу кішку Діну"

"Si la conocieras, creo que te encapricharías de los gatos"

"Якби ви зустріли її, я думаю, вам би сподобалися кішки"

"Si tan solo pudieras verla"

"Якби ти тільки міг її побачити"

"Es una cosa tan querida y tranquila"

"Вона така рідна, тиха штука"

El ratón temblaba por todas partes

Миша вся тряслася

Alicia estaba segura de que el ratón debía de estar realmente ofendido

Аліса була впевнена, що мишеня, мабуть, справді

образилося

"No hablaremos más de ella, si prefieres no hacerlo"

"Ми більше не будемо про неї говорити, якщо ви не хочете"

-¡Nosotros, en efecto! -exclamó el Ratón-

— Справді, ми! — вигукнула Мишка

El ratón temblaba hasta la punta de la cola

Миша тремтіла до кінця хвоста

—¡Como si fuera a hablar de un tema así!

— Наче я говорив на таку тему!

"Nuestra familia siempre odió a los gatos"

«Наша сім'я завжди ненавиділа кішок»

"Gatos; ¡Cosas desagradables, bajas, vulgares!"

"кішки; гидкі, низькі, вульгарні речі!»

"¡No dejes que vuelva a escuchar el nombre!"

— Не дай мені більше почути це ім'я!

-¡No volveré a hablar de los gatos! -dijo Alicia-

— Я більше не буду згадувати про котів, — сказала Аліса

Tenía mucha prisa por cambiar de tema

Вона дуже поспішала змінити тему

"¿Eres tú... ¿Te gustan los perros?

— А ти... Ти захоплюєшся собаками?

"Hay un perrito tan simpático cerca de nuestra casa"

«Біля нашого будинку живе така мила собачка»,

—¡Me gustaría enseñarte el perrito!

— Я хотів би показати тобі маленького песика!

"Este perrito mata a todas las ratas y...

"Ця маленька собачка вбиває всіх щурів і...

-¡Oh, querida! -exclamó Alicia en tono triste-

- Ой, дорогенька, - скрикнула Аліса скорботним тоном

"¡Me temo que te he ofendido de nuevo!"

— Боюся, що я знову образив тебе!

El ratón se alejaba nadando de ella tan rápido como podía

Миша пливла від неї так швидко, як тільки могла

y el ratón hizo un gran alboroto en la piscina

А миша наробила неабиякого переполоху в басейні

Así que llamó suavemente al ratón

І вона тихо гукнула за мишеням
"¡Mi querido ratón, por favor vuelve!"
— Люба моя мишко, повернись, будь ласка!
"Y no hablaremos de gatos"
"А про котів говорити не будемо"
"Y tampoco tenemos que hablar de perros"
"І про собак говорити теж не доводиться"
Cuando el ratón escuchó esto, se dio la vuelta
Почувши це, мишка обернулася
Y el ratoncito nadó lentamente de regreso a ella
І маленьке мишеня повільно попливло до неї
La cara del ratón estaba bastante pálida
Мордочка миші була досить блідою
Y el ratón habló, en voz baja y temblorosa
І мишеня заговорило низьким, тремтячим голосом
"Vamos a la orilla"
"Доберімося до берега"
"y luego te contaré mi historia"
"А потім я розповім вам свою історію"
"y entenderás por qué odio a los gatos y a los perros"
"І ви зрозумієте, чому це я ненавиджу кішок і собак"
Ya era hora de partir
Настав час іти
porque la piscina se estaba llenando bastante
Тому що басейн ставав досить переповненим
Otros pájaros y animales habían caído en el estanque
Інші птахи і звірі впали в басейн
había un pato y un dodo
були Качка і Додо
y había un pájaro lori y un aguilucho
І були там птах Лорі та Орлятко
Y había varias otras criaturas de aspecto interesante
І було ще кілька цікавих на вигляд істот
Alicia abrió el camino para salir de la piscina
Аліса повела вихід з басейну
Y todo el grupo de animales nadó hasta la orilla
І весь загін звірів поплив до берега

<h1 style="text-align:center">Una carrera de caucus y una larga cola</h1>

Кокус і довгий хвіст

De hecho, eran un grupo de animales de aspecto gracioso

Вони дійсно були кумедною на вигляд зграєю тварин

Y todos se reunieron a la orilla del agua

І всі вони зібралися на березі води

Todos los pájaros tenían las plumas desaliñadas

У всіх птахів було пошарпане пір'я

y los animales peludos estaban empapados

І пухнасті звірята промокли наскрізь

y todos estaban empapados, molestos e incómodos

І всі були мокрі, роздратовані і незатишні

Había una pregunta que había que responder primero

Було одне питання, на яке потрібно було відповісти в першу чергу

¿Cuál es la mejor manera de que todos se sequen?

Який найкращий спосіб для всіх висохнути?

Tuvieron una consulta sobre este asunto

Вони провели консультацію з цього приводу

Pronto todos se sintieron en términos familiares

Незабаром вони всі були на знайомих умовах

Era como si los conociera de toda la vida

Вона ніби знала їх усе своє життя

El ratón parecía ser una persona de cierta autoridad

Миша здавалася людиною якогось авторитету

"¡Siéntense todos y escúchenme!

— Сідайте всі, і послухайте мене!

"¡Pronto los volveré a secar!"

— Я скоро вас усіх знову висушу!

Se sentaron todos a la vez, en un gran círculo

Вони всі сіли відразу, у велике кільце

y el ratoncito se sentó en el medio

А мишеня сиділо посередині

—¡Ejem! —dijo el ratón con aire importante—

— Гм, — сказала миша з важливим виглядом

"¿Están todos listos?"

— Ви всі готові?

"Esto es lo más seco que conozco"

"Це найсухіше, що я знаю"

—¡Silencio por todas partes, por favor!

— Тиша навколо, якщо хочете!

"Guillermo el Conquistador fue favorecido por el Papa"

«Вільгельм Завойовник користувався прихильністю папи римського»

"pero pronto fue sometido por los ingleses"

"але незабаром йому підкорилися англійці"

"Últimamente querían líderes"

«Вони хотіли лідерів останнім часом»

"Y se habían acostumbrado al poder y a la conquista"

«І вони звикли до влади та завоювань»

"Edwin y Morcar, los condes de Mercia y Northumbria"

«Едвін і Моркар, графи Мерсія і Нортумбрія»

—¡Uf! —exclamó el pájaro lori con un escalofrío—

«Тьху!» — сказала пташка лорі, здригнувшись

"e incluso Stigand, el patriota arzobispo de Canterbury"

"і навіть Стіганд, патріотичний архієпископ Кентерберійський"

"A él también le pareció aconsejable"

"Він також вважав це за доцільне"

-¿Qué le pareció aconsejable? -dijo el pato-

«Що він вважав за потрібне?» — сказала качка

—Le pareció aconsejable —replicó el ratón con cierto enfado—

— Він вважав це за доцільне, — досить перехресно відповіла миша

Pero el pato no estaba satisfecho

Але качка залишилася незадоволеною

"Por supuesto, ya sabes lo que significa"

"Звичайно, ви знаєте, що означає "це"

—Sé lo que es cuando encuentro una cosa —dijo el pato—

— Я знаю, що таке "воно", коли я знаходжу річ, — сказала качка

"Generalmente es una rana o un gusano"

"Це взагалі жаба або черв'як"

"La pregunta es, ¿qué encontró el arzobispo?"

«Питання в тому, що знайшов архієпископ?»

El ratón no se dio cuenta de esta pregunta

Мишка цього питання не помітила

En cambio, el ratón continuó apresuradamente con el discurso

Замість цього мишеня квапливо продовжило промову

"le pareció aconsejable ir con Edgar Atheling"

"він вважав за доцільне піти з Едгаром Ателінгом"

"para encontrarme con Guillermo y ofrecerle la corona"

"зустрітися з Вільямом і запропонувати йому корону"

el ratón continuó, volviéndose hacia Alicia mientras hablaba

— вела далі мишка, повертаючись до Аліси, коли та говорила

—¿Cómo te va ahora, querida?

— Як ти тепер живеш, мій любий?

—Tan mojado como siempre —dijo Alicia en tono melancólico—

— Мокра, як завжди, — сказала Аліса меланхолійним тоном

"Esta historia no parece que me seque en absoluto"

"Ця історія, здається, мене зовсім не сушить"

—En ese caso —dijo solemnemente el dodo, poniéndose en pie—

— У такому разі, — урочисто сказав додо, підводячись на ноги

"Voto que se levante la sesión"

"Я голосую за те, щоб засідання було перенесено"

"y propongo la adopción inmediata de remedios más enérgicos"

"і я пропоную негайно прийняти більш енергійні засоби"

—¡Di palabras de verdad! —dijo el aguilucho—

«Говори правдиві слова!» — сказав орлятко

"No conozco el significado de la mitad de esas palabras largas"

"Я не знаю значення половини цих довгих слів"

—¡Y, lo que es más, tampoco creo que tú lo sepas!

— І, до того ж, я не вірю, що ти теж знаєш!

—Lo que iba a decir —dijo el dodo en tono ofendido—

— Що я збирався сказати, — сказав додо ображеним тоном

"Lo mejor para deshacernos sería una contienda electoral"

«Найкраще, що могло б висушити нас, — це перегони на кокусі»

—¿Qué es una contienda electoral? —preguntó Alicia

"Що таке кокус-раса?" - сказала Аліса

—Bueno —dijo el dodo—, la mejor manera de explicarlo es hacerlo.

— Що ж, — сказав додо, — найкращий спосіб пояснити це — зробити це.

"Primero el dodo trazó un hipódromo"

«Спочатку додо розмітив іподром»

"La pista estaba en una especie de círculo"

"Траса була якимось колом"

"Y luego todo el grupo se colocó a lo largo del recorrido"

"А потім всю партію розставили вздовж курсу"

No hubo "¡Uno, dos, tres y fuera!"

Не було «Раз, два, три і геть!».

pero empezaron a correr cuando quisieron

Але вони почали бігти, коли їм подобалося

Y también terminaban cuando querían

І теж доводили до кінця, коли їм подобалося

Así que no era fácil saber cuándo había terminado la carrera

Тому було нелегко зрозуміти, коли гонка закінчилася

Después de media hora más o menos de correr, todos estaban bastante secos

Приблизно через півгодини бігу вони всі були досить сухими

el dodo gritó de repente: "¡La carrera ha terminado!"

Додо раптом вигукнув: «Гонку закінчено!»

Y todos se agolparon alrededor del dodo

І всі вони юрмилися навколо додо

Todos los animales jadeaban y resoplaban

Всі тварини задихалися і пихкали

y todos querían saber: "¿Pero quién ha ganado?"

І всі вони хотіли знати: "А хто переміг?"

El dodo no pudo responder de inmediato a esta pregunta

На це питання додо не відразу зміг відповісти

Primero tuvo que pensar mucho

Спочатку йому довелося багато подумати

Después de pensarlo mucho, el Dodo finalmente habló

Після довгих роздумів Додо нарешті заговорив

"Todos han ganado y todos deben tener premios"

«Всі перемогли, і всі повинні мати призи»
"¿Pero quién va a dar los premios?", preguntó un coro de voces
«Але хто має давати призи?» — запитав хор голосів
—Bueno, ella, por supuesto —dijo el dodo—
— Ну, вона, звичайно, — сказав додо
y el dodo señaló con un dedo a Alicia
і додо показав одним пальцем на Алісу
y todo el grupo de animales se agolpó a su alrededor
І вся ватага звірів юрмилася навколо неї
gritaron, de manera confusa: "¡Premios! ¡Premios!"
вони розгублено вигукнули: "Призи! Призи!»
Alicia no tenía ni idea de qué hacer
Аліса й гадки не мала, що робити
Desesperada, se metió la mano en el bolsillo
У розпачі вона засунула руку в кишеню
Y sacó una caja de dulces
І вона витягла коробку з цукерками
Por suerte, el agua salada no había entrado en la caja
На щастя, солона вода не потрапила в ящик
Y repartió los dulces como premios
І вона роздала цукерки як призи
Había exactamente una pieza para todos
На всіх вистачало рівно одного шматка
Lo siguiente que tenían que hacer era comer los dulces
Наступне, що вони повинні були зробити, це з'їсти солодощі
Esto causó algo de ruido y confusión
Це викликало певний шум і плутанину
Los grandes pájaros se quejaban de que no podían saborear sus dulces
Великі птахи скаржилися, що не можуть скуштувати їхніх солодощів
Los pequeños se ahogaron y hubo que darles palmaditas en la espalda
Маленькі задихалися, і їх доводилося поплескувати по спині

Sin embargo, al fin se acabó

Однак нарешті все скінчилося

y se sentaron de nuevo en un anillo

І вони знову сіли в кільце

Y le rogaron al ratón que les dijera algo más

І вони благали мишу розповісти їм ще щось

—Prometiste contarme tu historia, ¿sabes? —dijo Alicia—

— Ти обіцяла розповісти мені свою історію, знаєш, — сказала Аліса

E hizo otro pequeño comentario sobre los gatos en un susurro

І вона пошепки зробила ще одне маленьке зауваження про котів

No quería volver a ofender al ratón

Вона не хотіла зайвий раз образити мишку

el ratoncito se volvió hacia Alicia y suspiró

мишеня обернулося до Аліси і зітхнуло

—¡La mía es una larga y triste historia!

«Моя – довга і сумна казка!»

—Es una cola larga, sin duda —dijo Alicia—

— Звичайно, це довгий хвіст, — сказала Аліса

Y miró con asombro la cola del ratón

І вона з подивом подивилася вниз на мишачий хвіст

—¿Pero por qué le llamas cola triste?

— Але чому ти називаєш його сумним хвостом?

Y ella seguía desconcertada al respecto mientras el ratón hablaba

І вона весь час ламала голову над цим, поки миша говорила

de modo que su idea del cuento era más o menos así

Щоб її уявлення про казку було приблизно таким

                    "Fury said to
                  a mouse, That
                  he met in the
                  house, 'Let
                  us both go
                  to law: *I*
                  will prosecute
                  you.—
                  Come, I'll
                  take no denial:
                  We must have
                  the trial;
                  For really
                  this morning
            I've
            nothing
            to do.'
                  Said the
                  mouse to
                  the cur,
                  'Such a
                  trial, dear
                  sir, With
                        no jury
                        or judge,
                        would
                        be wasting
                        our
                  breath.'
                  'I'll be
                  judge,
                  I'll be
                  jury,'
            said
            cunning
            old
                  Fury;
                  'I'll
                  try
                  the
                        whole
                        cause,
                        and
                        condemn
                  you to
            death.'"

Furia le dijo a un ratón: "Que se encontró en la casa"

Ф'юрі сказав миші, Що він зустрівся в будинку"

Vayamos los dos a la ley: yo te procesaré

Ходімо обоє до суду: я буду вас переслідувати

Vamos, no aceptaré ninguna negación: debemos tener el juicio

Ходімо, я не буду заперечувати: ми повинні мати суд

Porque realmente esta mañana no tengo nada que hacer

Бо справді сьогодні вранці мені нема чого робити

Dijo el ratón al cur;

— сказала мишка до курки;

Un juicio así, querido señor, sin jurado ni juez, sería una pérdida de aliento

Такий судовий процес, шановний пане, без присяжних і
судді, марнував би наш подих
—Seré juez, seré jurado —dijo el astuto viejo Fury—
— Я буду суддею, я буду присяжним, — сказав хитрий
старий Ф'юрі
Juzgaré toda la causa y te condenaré a muerte
Я спробую всю справу і засуджу тебе на смерть
el ratón le habló severamente a Alicia
мишеня суворо заговорило до Аліси
"¡No estás prestando atención!"
— Ти не звертаєш уваги!
—¿En qué estás pensando?
— Про що ти думаєш?
—Le ruego que me perdone —dijo Alicia muy
humildemente—
- Прошу вибачення, - дуже скромно сказала Аліса
– ¿Habías llegado a la quinta curva, creo?
— Ти дійшов до п'ятого повороту, здається?
"¡Me insultas diciendo tales tonterías!"
— Ти ображаєш мене, говорячи такі дурниці!
Y el ratón se levantó y se alejó
А мишка підвелася і пішла геть
Alicia llamó al ratoncito
— гукнула Аліса вслід мишеняті
"¡Por favor, regresa y termina tu historia!"
«Будь ласка, поверніться і закінчіть свою розповідь!»
Y todos los demás se unieron a coro
А решта всі приєдналися хором
"¡Sí, por favor, termine su historia!"
— Так, будь ласка, докінчіть свою розповідь!
Pero el ratón se limitó a negar con la cabeza con impaciencia
Але миша тільки нетерпляче похитала головою
Y el ratoncito caminó un poco más rápido
І мишеня пішло трохи швидше
—¡Ojalá tuviera aquí a Dinah, nuestra gata! —dijo Alicia—
– От би мені тут була Діна, наша кішка, – сказала Аліса
Esto causó una notable sensación entre el grupo

Це викликало неабиякий фурор у партії
Algunos de los pájaros se apresuraron a huir de inmediato
Дехто з птахів одразу ж поквапився
y un canario gritó con voz temblorosa a sus hijos;
І канарейка тремтячим голосом гукнула до своїх дітей;
—¡Váyanse, queridos míos!
— Ідіть геть, мої дорогі!
"¡Ya es hora de que estén todos en la cama!"
«Давно пора вам усім лягти в ліжко!»
Con varias excusas se fueron todos
З різними приводами вони всі пішли геть
y Alicia no tardó en quedarse sola
і Аліса скоро залишилася сама
—¡Ojalá no hubiera mencionado a Dinah!
— Краще б я не згадав про Діну!
"Parece que a nadie le gusta aquí abajo"
"Здається, вона тут нікому не подобається"
—¡Pero estoy seguro de que es la mejor gata del mundo!
— Але я впевнений, що вона найкраща кішка у світі!
La pobre Alicia se echó a llorar de nuevo
Бідолашна Аліса знову почала плакати
porque se sentía muy sola y desanimada
Тому що вона відчувала себе дуже самотньою і
пригніченою
Al cabo de un rato, sin embargo, volvió a oír algo
Але через деякий час вона знову щось почула
un pequeño golpeteo de pasos a lo lejos
Ледь чутний стукіт кроків вдалині
Y ella miró hacia arriba ansiosamente
І вона нетерпляче підвела очі

El conejo manda al pequeño Sr. Bill
Кролик посилає маленького містера Білла

Era el conejo blanco, que volvía trotando lentamente
Це був білий кролик, який повільно поплентався назад
Miraba a su alrededor ansiosamente mientras se alejaba
Він занепокоєно озирався на всі боки
Parecía como si hubiera perdido algo
Він виглядав так, ніби щось загубив
Alicia le oyó murmurar para sí misma
Аліса почула, як він бурмотів сам до себе
—¡La duquesa! ¡La duquesa! ¡Oh, mis queridas patas!
— Герцогиня! Герцогиня! Ох, мої любі лапки!
—¡Oh, mi pelo y mis bigotes!
— Ох вже моє хутро та вуса!
"Ella hará que me ejecuten, estoy seguro de eso"
"Вона мене стратить, я в цьому впевнений"
—¡Tan cierto como que los hurones son hurones!
— Так само, як тхори — тхори!
"¿Dónde puedo haber dejado mis cosas, me pregunto?"
— А куди я міг упустити свої речі, цікаво?
Alicia adivinó en un momento lo que estaba buscando
Аліса за мить здогадалася, що він шукає

Buscaba el abanico de plumas
Він шукав віяло з пір'я
Y buscaba el par de guantes blancos
І він шукав пару білих рукавичок
Así que ella, muy bondadosamente, comenzó a buscar los guantes
Тож вона дуже добродушно почала шукати рукавички
Y también buscó el abanico de plumas
І вона теж шукала віяло з пір'я
Pero los guantes y el abanico de plumas no se veían por ninguna parte
А ось рукавичок і віяла з пір'я ніде не було видно
Todo parecía haber cambiado desde que se bañó en la piscina
Здавалося, все змінилося з тих пір, як вона плавала в басейні
Nada era igual desde que estaba en el Gran Salón
Ніщо не було таким, як раніше, відколи вона була у Великій залі
y la mesa de cristal había desaparecido
І скляний стіл зник
Y la puertecita tampoco estaba allí
І маленької дверцята там теж не було
Muy pronto el conejo se fijó en Alicia
Дуже скоро кролик помітив Алісу
—la llamó en tono airado
— гукнув він до неї сердитим тоном
—Mary Ann, ¿qué haces aquí?
— Мері Енн, що ти тут робиш?
"Corre a casa en este momento"
"Біжи додому цієї миті"
—¡Y tráeme un par de guantes y un abanico de plumas!
— І принесіть мені пару рукавичок і віяло з пір'я!
—¡Y date prisa!
— І не поспішай!
Alicia se habló a sí misma mientras salía corriendo
— промовила Аліса сама до себе, тікаючи

—¡Debe de haberme confundido con su criada!

— Він, мабуть, прийняв мене за свою покоївку!

"¡Qué sorpresa se quedará cuando se entere de quién soy!"

— Як же він здивується, коли дізнається, хто я!

Al decir esto, se encontró con una casita pulcra

Сказавши це, вона натрапила на охайний будиночок

En la puerta de la casa había una placa de bronce brillante

На дверях будинку була яскрава латунна пластина

"W. CONEJO"

"В. КРОЛИК"

Entró sin llamar a la puerta

Вона зайшла, не постукавши у двері

Y se apresuró a subir las escaleras

І вона поспішила прямо нагору

le preocupaba conocer a la verdadera Mary Ann

вона переживала, що може зустріти справжню Мері Енн

porque entonces la echarían de la casa

Бо тоді її вигнали б з дому

Y no sería capaz de encontrar el abanico de plumas y los guantes

І вона не змогла б знайти віяло з пір'я і рукавички

Alicia había encontrado el camino hacia una pequeña habitación ordenada

Аліса потрапила в охайну маленьку кімнатку

En la habitación había una mesa junto a la ventana

У кімнаті стояв стіл біля вікна

y sobre la mesa había un abanico de plumas

А на столі стояло віяло з пір'я

Y había dos o tres pares de diminutos guantes blancos

А там було дві-три пари крихітних білих рукавичок

Cogió el abanico de plumas y un par de guantes

Вона підібрала віяло з пір'я і пару рукавичок

Y estaba a punto de salir de la habitación

І вона саме збиралася вийти з кімнати

Pero entonces sus ojos se posaron en una botellita

Але тут її погляд упав на маленьку пляшечку

Descorchó la botella y se la llevó a los labios

Вона відкоркувала пляшку і приклала її до губ
"Espero que me haga crecer de nuevo"
«Я дуже сподіваюся, що це змусить мене знову стати великим»
"¡Estoy cansada de ser una cosita tan pequeña!"
«Мені набридло бути такою крихітною штучкою!»
Alicia apenas se había bebido la mitad de la botella
Аліса ледве випила половину пляшки
Su cabeza ya estaba presionada contra el techo
Її голова вже притискалася до стелі
Y tuvo que agacharse
І вона мусила нахилитися
para salvar su cuello de ser roto
щоб врятувати її шию від перелому
Dejó apresuradamente la botella
Вона похапцем поставила пляшку
"Con eso basta"
"Цього цілком достатньо"
"Espero no crecer más"
"Сподіваюся, я більше не виросту"
¡Ay! ¡Era demasiado tarde para desearlo!
На жаль! Бажати цього було вже пізно!
Ella siguió creciendo y creciendo
Вона продовжувала рости і рости
y muy pronto tuvo que arrodillarse en el suelo
І дуже скоро їй довелося опуститися на коліна на підлогу
Y aun así siguió creciendo
І навіть тоді вона продовжувала рости
Como último recurso, sacó un brazo por la ventana
В якості останнього засобу вона висунула одну руку з вікна
Y metió un pie por la chimenea
І вона поставила одну ногу на комин
"Ahora no puedo hacer más, pase lo que pase"
«Тепер я більше нічого не можу зробити, що б не трапилося»
—**¿Qué será de mí?**
— Що зі мною станеться?

Alicia tuvo un poco de suerte

Алісі пощастило

La pequeña botella mágica había tenido todo su efecto

Маленька чарівна пляшечка справила свій повний ефект

y Alicia no creció más de lo que era

А Аліса виросла не більша за себе

Al cabo de unos minutos oyó una voz en el exterior

Через кілька хвилин вона почула голос знадвору

Y se detuvo a escuchar la voz

І вона зупинилася, щоб послухати голос

—¡María Ana! ¡Mary Ann! -dijo la voz-

— Мері Енн! Мері Енн!» — пролунав голос

"¡Tráeme mis guantes en este momento!"

— Принесіть мені сьогодні мої рукавички!

Luego se oyó un pequeño golpeteo de pies en la escalera

Потім почувся невеличкий тупіт ніг по сходах

Alicia supo que era el conejo que venía a buscarla

Аліса знала, що це кролик прийде її шукати

Y tembló hasta hacer temblar la casa

І вона тремтіла, аж хату трусила

Se olvidó por completo de sus proporciones

Вона зовсім забула, які в неї пропорції

Era mil veces más grande que el conejo

Вона була в тисячу разів більша за кролика

Y no tenía por qué temer a un conejo

І в неї не було причин боятися кролика

De pronto, el conejo se acercó a la puerta

Раптом кролик підійшов до дверей

Y el conejito trató de abrir la puerta

І кроленя спробувало відчинити дверцята

La puerta comenzó a abrirse hacia adentro

Двері почали відчинятися всередину

pero el codo de Alicia estaba apretado con fuerza contra la puerta

але лікоть Аліси був сильно притиснутий до дверей

Ese intento resultó un fracaso

Ця спроба виявилася невдалою

Alicia oyó que el conejo se hablaba a sí mismo

Аліса почула, як кролик заговорив сам до себе

"Entonces daré la vuelta y entraré por la ventana"

"Тоді я обійду і зайду через вікно"

«¡Que no lo harás!», pensó Alicia

"Цього ти не зробиш!" — подумала Аліса

Y volvió a esperar un poco

І вона знову трохи почекала

Pronto oyó al conejo justo debajo de la ventana

Скоро вона почула кролика просто під вікном

De repente extendió la mano

Вона раптом простягла руку

Y ella hizo un arrebato en el aire

І вона зробила ривок у повітрі

No se apoderó de nada

Вона нічого не заволоділа

Pero oyó un pequeño alarido y una caída

Але вона почула легкий вереск і падіння

Y oyó el estrépito de cristales rotos

І вона почула гуркіт розбитого скла

Tal vez el conejo se había caído
Можливо, кролик упав
Tal vez estaba en un invernadero
Можливо, він був у теплиці
Luego se oyó una voz airada; La voz del conejo
Потім пролунав сердитий голос; Голос кролика
"Pat, ¿dónde estás?"
— Пет, а де ти?
Y entonces llegó una voz que nunca antes había oído
І тут пролунав голос, якого вона ніколи раніше не чула
"¡Su señoría, estoy aquí!"
— Ваша честь, я тут!
"Estoy cavando en busca de manzanas"
"Я копаю яблука"
"¡Aquí! ¡Ven y ayúdame a salir de esto!"
— Ось! Прийди і допоможи мені вибратися з цього!»
—Ahora dime, Pat, ¿qué es eso que hay en la ventana?
— А тепер скажи мені, Пет, що це у вікні?
"Claro, su señoría, se lo diré"
— Авжеж, ваша честь, я вам скажу.
"¡Es un brazo que está en la ventana!"
— Це рука, що у вікні!
"Bueno, un brazo no tiene nada que hacer allí"
"Ну, рука там не має справи"
"¡Ve y quítate el brazo!"
— Іди й забери руку!
Hubo un largo silencio después de esto
Після цього запала довга мовчанка
y Alicia sólo podía oír susurros de vez en cuando
А Аліса тільки раз у раз чула шепіт
Y, por fin, volvió a extender la mano
І нарешті вона знову простягла руку
Y ella hizo otro arrebato en el aire
І вона зробила ще один ривок у повітрі
Esta vez hubo dos pequeños chillidos
Цього разу пролунали два маленькі зойки
y se escucharon más sonidos de vidrios rotos

І почулися ще звуки розбитого скла
«¡Me pregunto qué harán ahora!», pensó Alicia
«Цікаво, що вони будуть робити далі!» — подумала Аліса
"Ojalá me sacaran por la ventana"
"Якби мене витягли з вікна"
Esperó un buen rato
Вона почекала деякий час
Pero durante un rato no oyó nada más
Але якийсь час вона більше нічого не чула
Por fin se oyó el estruendo de unas ruedas
Нарешті почувся гуркіт маленьких коліщаток
Y se oyó el sonido de muchas voces
І почувся звук безлічі голосів
Todas las voces hablaban al unísono
Всі голоси розмовляли між собою
Pudo distinguir algunas de las palabras
Вона могла розібрати деякі слова
—¿Dónde está la otra escalera?
— А де ж інша драбина?
"Bill tiene la otra escalera"
"У Білла інша драбина"
"¡Bill, ven aquí!"
— Білле, йди сюди!
—¿Soportará el techo la carga?
«Чи витримає дах навантаження?»
—¿Quién quiere bajar por la chimenea?
— Хто хоче спускатися в димар?
—¡No, no lo haré! ¡Tú lo haces!"
— Ні, не буду! Ти це зробиш!»
—¡Aquí, Bill!
— Ось, Білле!
"¡El maestro dice que tienes que bajar por la chimenea!"
— Хазяїн каже, що треба спускатися в димар!
Alicia arrastró el pie por la chimenea todo lo que pudo
Аліса просунула ногу так далеко в димар, як тільки могла
Y luego esperó a ver lo que venía
А потім чекала, що буде

Escuchó a un animalito arañar y revolver

Вона почула, як маленьке звірятко подряпалося і поскреготало

El animalito debe estar en la chimenea

звірятко обов'язково повинен знаходитися в димоході

Luego dio una fuerte patada

Тоді вона дала одного різкого стусана

Y esperó a ver qué pasaría después

І вона чекала, що буде далі

Oyó un coro general de voces

Вона почула загальний хор голосів

"¡Ahí va Bill!", dijeron todos

«Ось іде, Білл!» — сказали вони всі

Entonces oyó solo la voz del conejo

Тоді вона почула голос кролика на самоті

"¡Tú por el seto, atrápalo!"

— Ти біля живоплоту, спіймай його!

Hubo otro momento de silencio

Була ще одна хвилина мовчання

Y entonces hubo otra confusión de voces

А потім знову почалася плутанина голосів

"Levanta la cabeza, Brandy"

«Підніми його голову, Бренді»

"Ten cuidado de no asfixiarlo"

«Будь обережний, щоб не задушити його»

—¿Qué te pasó?

— Що з тобою сталося?

Por último, llegó una vocecita débil y chillona

Нарешті пролунав трохи слабкий, писклявий голос

"Bueno, ya casi no sé"

"Ну, я вже навряд чи не знаю"

"Gracias a todos, ahora estoy mejor"

"Дякую всім, мені тепер краще"

"Hay una cosa que puedo recordar"

"Є одна річ, яку я можу згадати"

"Algo viene hacia mí como un tren en un túnel"

«Щось летить на мене, як поїзд у тунелі»

"¡Y vuelo hacia arriba como un cohete!"

— І вгору я лечу, як ракета в небо!

Hubo uno o dos minutos de silencio

Була хвилина-дві мовчання

Y entonces empezaron a moverse de nuevo

А потім вони знову почали рухатися

y Alicia oyó hablar de nuevo al Conejo

і Аліса знову почула, як Кролик заговорив

"Un túmulo servirá, para empezar"

"Для початку підійде борсун"

«¿Un túmulo lleno de qué?», pensó Alicia

"Що ж?" – подумала Аліса

Pero no la mantuvieron en suspenso por mucho tiempo

Але її недовго тримали в напрузі

Una lluvia de guijarros entró por la ventana

У вікно йшла злива з маленьких камінчиків

Y algunas de las piedrecitas le golpearon en la cara

І деякі маленькі камінчики вдарили її по обличчю

Alicia se sorprendió por los guijarros

Аліса здивувалася маленьким камінчикам

Todos los guijarros se estaban convirtiendo en pasteles

Всі маленькі камінчики перетворювалися на тістечка

Y una idea brillante se le ocurrió

І в її голові прийшла яскрава ідея

"Debería comerme uno de estos pasteles"

"Я повинен з'їсти один з цих тістечок"

"El pastel seguramente hará algún cambio en mi tamaño"

"Торт обов'язково змінить мій розмір"

Así que se tragó uno de los pasteles

Так вона проковтнула один з тістечок

Y se alegró al descubrir que empezaba a encogerse

І вона була в захваті, побачивши, що почала зменшуватися

Pronto fue lo suficientemente pequeña como para pasar por la puerta

Невдовзі вона стала досить маленькою, щоб проникнути в двері

Salió corriendo de la casa

Вона вибігла з хати

Una multitud de animalitos y pájaros esperaban afuera

Надворі чекав натовп звіряток і пташок

todos los pajaritos y animales se abalanzaron sobre Alicia

всі маленькі пташки і звірятка кинулися на Алісу

Pero ella huyó lo más rápido que pudo

Але вона втекла так швидко, як тільки могла

Y pronto se encontró a salvo en un espeso bosque

І незабаром вона опинилася в безпеці в густому лісі

Alicia vagaba por el bosque

Аліса блукала лісом

Y pensó para sí misma:

І вона подумала:

"Sé lo que tengo que hacer primero"

«Я знаю, що маю зробити в першу чергу»

"Primero tengo que volver a crecer hasta el tamaño adecuado"

"спочатку я знову маю вирости до потрібного розміру"

"Y luego tengo que encontrar mi camino hacia ese hermoso jardín"

"І тоді я маю знайти дорогу в той чудовий сад"

"Supongo que debería comer o beber una cosa u otra"

«Я вважаю, що я повинен їсти або пити щось або інше»

"Pero la pregunta es ¿qué debo comer o beber?"

— Але питання в тому, що я маю їсти чи пити?

Alicia miró a su alrededor las flores

Аліса озирнулася навкруги на квіти

Y miró a través de las briznas de hierba

І вона дивилася крізь травинки

pero no podía ver nada de comer ni de beber

Але вона не бачила, що їсти чи пити

Nada parecía ser lo adecuado para comer o beber

Ніщо не виглядало як правильна річ для їжі чи пиття

Había un gran hongo creciendo cerca de ella

Біля неї ріс великий гриб

el hongo tenía aproximadamente la misma altura que Alicia

гриб був приблизно такого ж зросту, як Аліса

Se estiró de puntillas

Вона потягнулася навшпиньки

Y se asomó por el borde del hongo

І вона зазирнула через край гриба

Sus ojos se encontraron inmediatamente con los ojos de una gran oruga azul

Її погляд відразу ж зустрівся з очима великої блакитної гусениці

La oruga estaba sentada en la parte superior del hongo

Гусениця сиділа на верхівці гриба

y la oruga se había cruzado de brazos

І гусениця схрестила всі його руки

Y estaba fumando tranquilamente una larga cachimba

І він тихенько курив довгий кальян

y no hizo la menor atención a nada

І він ні на що не звертав ані найменшої уваги

y ciertamente no le prestó atención a Alicia

і він, звичайно, не звернув уваги на Алісу

Por fin, la oruga se quitó la pipa de la boca

Нарешті гусениця вийняла кальян з рота

y se dirigió a Alicia con voz lánguida y soñolienta

і він звернувся до Аліси млявим, сонним голосом

—¿Quién eres? —preguntó la oruga

«Хто ти такий?» — запитала гусениця

Alicia respondió, con cierta timidez: "No lo sé, señor"

— досить сором'язливо відповіла Аліса.— Навряд чи знаю,.

"Justo en este momento está todo un poco..."

"Просто на даний момент це все трохи..."

"Sé quién era cuando me levanté esta mañana"

"Я знаю, ким я був, коли прокинувся сьогодні вранці"

"pero creo que debo haber cambiado varias veces desde entonces"

"але я думаю, що з тих пір я, мабуть, змінився кілька разів"

—¿Qué quieres decir con eso? —dijo la oruga—

«Що ти маєш на увазі?» — сказала гусениця

Con severidad, la oruga le pidió que se explicara
Гусінь суворо попросила її пояснити свою думку
—Me temo que no puedo explicarme, señor —dijo Alicia—
— Я не можу пояснити, боюся,, — сказала Аліса
"porque no soy yo mismo"
"Тому що я не я"
"Verás, tener tantos tamaños diferentes en un día es muy confuso"
"Розумієте, бути стільки різних розмірів за день дуже збиває з пантелику"
Se incorporó y dijo muy gravemente:
Вона підвелася і сказала дуже поважно:
"Creo que primero deberías decirme quién eres"
"Я думаю, ти повинен спочатку сказати мені, хто ти"
"¿Por qué?", dijo la oruga
«Чому?» — сказала гусениця
Alicia no se le ocurría ninguna buena razón
Аліса не могла придумати жодної поважної причини
Y la oruga parecía estar en un estado de ánimo muy desagradable
І гусениця начебто перебувала в дуже неприємному стані душі
Así que se dio la vuelta
І вона відвернулася
"¡Vuelve!", la oruga la llamó
«Повертайся!» — гукнула їй услід гусениця
"¡Tengo algo importante que decir!"
— Маю сказати дещо важливе!
Alicia se dio la vuelta y volvió otra vez
Аліса повернулася і знову повернулася
—Mantén la calma —dijo la oruga—
— Тримай себе в руках, — сказала гусениця
-¿Eso es todo? -preguntó Alicia
"Це все?" - сказала Аліса
Y se tragó su rabia lo mejor que pudo
І вона ковтнула свій гнів так добре, як могла
—No —dijo la oruga—

— Hi, — сказала гусениця
La oruga desplegó sus brazos
Гусениця розгорнула руки
Y volvió a sacarse la pipa de la boca
I він знову вийняв кальян з рота
y él dijo: "Así que Ud. piensa que Ud. ha cambiado, ¿verdad?"
I він сказав: "То ти думаєш, що змінився, чи не так?"
—Me temo, he cambiado, señor —dijo Alicia—
- Боюся, я змінилася,, - сказала Аліса
"No puedo recordar las cosas como solía recordarlas"
«Я не можу пам'ятати речі так, як я їх пам'ятав раніше»
"¡Y no me quedo del mismo tamaño por más de diez minutos!"
— I я не залишаюся одного розміру більше десяти хвилин!
"¿Qué tamaño quieres tener?", preguntó la oruga
«Якого розміру ти хочеш бути?» — запитала гусениця
—Oh, no me importa especialmente el tamaño que tenga — respondió Alicia apresuradamente—
- О, мені все одно, якого я розміру, - квапливо відповіла Аліса
"Simplemente no me gusta cambiar de tamaño tan a menudo, ya sabes"
"Я просто не люблю так часто змінювати розмір, розумієте"
"Me gustaría ser un poco más grande, señor"
— Я хотів би бути трохи більшим,.
—Si no te importa —añadió Alicia—
— Якщо ти не проти, — додала Аліса
"Diez centímetros es una altura tan miserable para ser"
«Десять сантиметрів – це такий жалюгідний зріст»
-¡Es una altura muy buena! -exclamó la oruga con rabia-
— Це справді дуже добра висота, — сердито сказала гусениця
Y se irguió mientras hablaba
I він випростався, коли говорив
Medía exactamente diez centímetros de alto

Він був рівно десять сантиметрів на зріст
En uno o dos minutos, la oruga bajó del hongo
За хвилину-дві гусениця злізла з гриба
Y se arrastró por la hierba
І він поповз у траву
Al alejarse, hizo algunas pequeñas observaciones
Відходячи, він зробив кілька невеличких зауважень
"Un lado te hará crecer más alto"
«Одна сторона змусить вас ставати вищим»
"Y el otro lado te hará acortar"
«А інша сторона змусить тебе стати нижчим»
«¿Un lado de qué?», pensó Alicia para sí misma
"Один бік чого?" — подумала собі Аліса
—¿El otro lado de qué?
— По той бік чого?
—El costado del hongo —dijo la oruga—
— Бік гриба, — сказала гусениця
Era como si hubiera hecho su pregunta en voz alta
Вона наче поставила своє запитання вголос
Y en otro momento, se perdió de vista
А ще мить — і він зник з поля зору
Alicia se quedó mirando pensativa el hongo
Аліса продовжувала задумливо дивитися на гриб
Estaba tratando de distinguir cuáles eran los dos lados del hongo
Вона намагалася розібрати, з яких двох сторін гриб
Por fin, estiró los brazos alrededor de la seta
Нарешті вона простягла руки навколо гриба
Y rompió un poco los bordes
І у неї трохи відламалися краї
"Y ahora, ¿qué lado es cuál?", se dijo a sí misma
«А тепер, який бік який?» — запитала вона сама до себе
Y mordisqueó un poco de la parte de la mano derecha
І вона покусала трохи правого шматка
Al momento siguiente sintió un violento golpe debajo de la barbilla
Наступної миті вона відчула сильний удар під підборіддям

¡Su barbilla había golpeado su pie!

Її підборіддя вдарилося об ногу!

Estaba bastante asustada por este cambio tan repentino

Вона була дуже налякана цією дуже раптовою зміною

Se estaba encogiendo muy rápidamente

Вона дуже швидко зменшувалася

Así que rápidamente se comió un poco del otro trozo de champiñón

Тому вона швидко з'їла трохи іншого шматочка гриба

Su barbilla estaba muy presionada contra su pie

Її підборіддя було дуже щільно притиснуте до стопи

Apenas había espacio para abrir la boca

Ледве можна було відкрити рот

Pero al fin logró abrir la boca

Але вона нарешті спромоглася відкрити рота

Y tragó un bocado del pedazo de la mano izquierda

І вона проковтнула шматочок лівого шматка

-¡Por fin me han liberado la cabeza! -exclamó Alicia-

— Нарешті моя голова звільнилася, — сказала Аліса

Se miró a sí misma

Вона подивилася на себе зверхньо

Pero todo lo que podía ver era una inmensa longitud de cuello

Але все, що вона могла бачити, це величезна довжина шиї

Su cuello parecía elevarse como un tallo

Її шия, здавалося, піднялася, як стебло

Y miró hacia abajo sobre un mar de hojas verdes

І вона подивилася вниз на море зеленого листя

—¿A dónde han llegado mis hombros?

— Куди ж поділися мої плечі?

"Y oh, mis pobres manos, ¿cómo es que no puedo verte?"

— А ой, бідні мої руки, як це я вас не бачу?

Pero su cuello tenía un beneficio

Але її шия мала одну перевагу

Podía mover la cabeza en cualquier dirección

Вона могла рухати головою в будь-якому напрямку

De hecho, era como una serpiente

Насправді вона була схожа на змію
Ella zigzagueó con gracia con la cabeza hacia abajo
Вона граціозним зигзагом опустила голову вниз
Y movió la cabeza entre los árboles
І вона ворушила головою по деревах
Pero entonces oyó un silbido agudo
Але тут вона почула різке шипіння
Y rápidamente echó la cabeza hacia atrás
І вона швидко відкинула голову назад
Una gran paloma había volado hacia su cara
Великий голуб влетів їй в обличчя
y la paloma se agitó violentamente con sus alas
А голуб буйно махав крилами

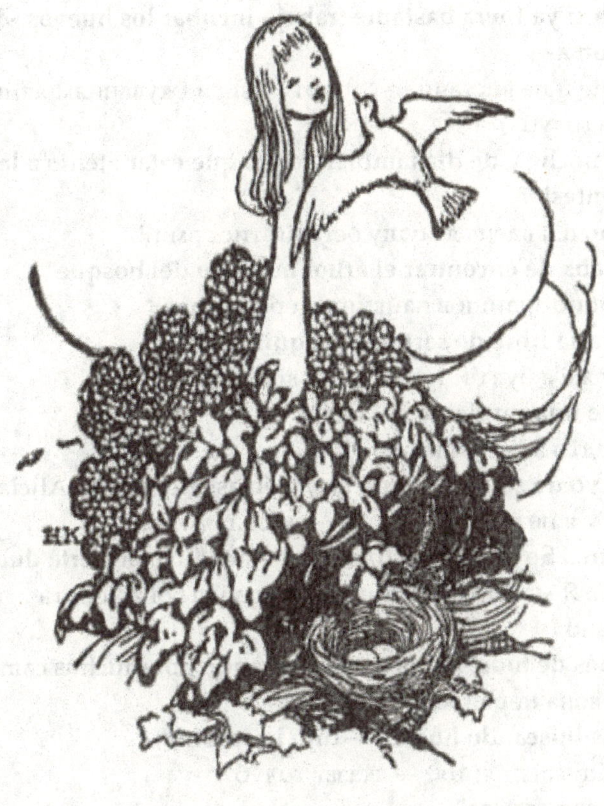

-¡Serpiente! -exclamó la paloma-

«Змія!» — закричав голуб

-¡No soy una serpiente! -exclamó Alicia indignada-

- Я не змія, - обурено сказала Аліса

"¡Déjame en paz!"

— Облиште мене!

"He probado las raíces de los árboles"

«Я спробував коріння дерев»

—Y he probado setos —prosiguió la paloma—

— А я вже пробував живоплоти, — вів далі голуб

—¡Pero esas serpientes! ¡No hay forma de complacerlos!"

— Але ж ті змії! Їм не догодиш!»

Alicia estaba cada vez más desconcertada

Аліса все більше і більше спантеличувалася

-Como si ya fuera bastante trabajo incubar los huevos -dijo la paloma-

— Наче й не вистачило клопоту з висиджуванням яєць, — сказав голуб

—¡De noche y de día también tengo que estar atento a las serpientes!

— І вночі, і вдень я мушу остерігатися змій!

"Acababa de encontrar el árbol más alto del bosque"

«Я щойно знайшов найвище дерево в лісі»

—¿Estaría libre de serpientes aquí?

— Невже я був би тут вільний від змій?

"¡Y sale una serpiente del cielo!"

— І звідти з неба вилітає змія!

-¡Pero yo no soy una serpiente, te lo aseguro! -dijo Alicia-

- Але ж я не змія, кажу тобі, - сказала Аліса

"Soy un... Soy un... Soy una niña —añadió con cierta duda—

"Я... Я... Я маленька дівчинка, — додала вона досить сумнівно

Después de todo, había estado pasando por muchos cambios

Адже вона пережила багато змін

—Estás buscando huevos —dijo la paloma—

— Ти шукаєш яйця, — сказав голуб

"Lo sé con certeza"

"Я знаю це точно"
—¿Y qué importa si eres una niña o una serpiente?
— А яка різниця, чи ти маленька дівчинка, чи змія?
—A mí me importa mucho —dijo Alicia apresuradamente—
— Для мене це має велике значення, — квапливо сказала Аліса
"pero no estoy buscando huevos, como suele ser"
"Але я не шукаю яєць, як буває"
"Y de todos modos no querría tus huevos"
"I я б все одно не хотіла твоїх яєць"
"No me gustan los huevos crudos"
"Я не люблю свої яйця сирими"
-¡Pues váyase! -dijo la paloma en tono malhumorado-
— Ну, тоді геть, — сказав голуб похмурим тоном
Y la paloma se instaló de nuevo en su nido
I голуб знову влаштувався в своє гніздо
Alicia se agachó entre los árboles lo mejor que pudo
Аліса присіла поміж деревами, як тільки могла
Su cuello no dejaba de enredarse entre las ramas
Її шия весь час заплутувалася серед гілля
De vez en cuando tenía que detenerse y desenroscar el cuello
Раз у раз їй доводилося зупинятися і розкручувати шию
Al cabo de un rato se acordó de la seta
Через деякий час вона згадала про гриб
Todavía sostenía los trozos de hongo en sus manos
Вона все ще тримала шматочки гриба в руках
Y se puso a trabajar con mucho cuidado
I вона дуже обережно взялася за роботу
Primero mordisqueó una pieza
Спочатку вона гризла один шматочок
Y luego mordisqueó la otra pieza
А потім погризла інший шматок
A veces crecía
Іноді вона ставала вищою
y a veces se acortaba
I іноді вона ставала нижчою
pero finalmente alcanzó su altura habitual

Але нарешті вона досягла свого звичайного зросту
Hacía tiempo que no era de su estatura
Вона вже деякий час не була на зріст
Así que todo se sintió extraño por un tiempo
Тому якийсь час все здавалося дивним
"Lo siguiente que hay que hacer es entrar en ese hermoso jardín"
"Наступне, що потрібно зробити, це потрапити в цей прекрасний сад"
—¿Cómo se va a hacer eso, me pregunto?
— Цікаво, як це зробити?
Al decir esto, llegó a un lugar abierto
Сказавши це, вона натрапила на відкрите місце
Había una casita, un poco más de un metro de altura
Там була маленька хатинка, трохи вища за метр
"Me pregunto quién vive en esta casita"
"Цікаво, хто живе в цьому маленькому будиночку"
"Ciertamente no puedo entrar tan grande como soy"
"Я, звичайно, не можу увійти таким великим, як я"
—¡Los asustaría terriblemente!
— Я б їх страшенно налякав!
Así que volvió a mordisquear el pequeño champiñón
І вона знову погризла маленького грибочка
Y pronto bajó treinta centímetros
І скоро вона опустилася на тридцять сантиметрів

Un cerdo y un poco de pimienta

Свиня і трохи перцю

Durante uno o dos minutos se quedó mirando la casa

Хвилину чи дві вона стояла і дивилася на будинок

De repente, un lacayo salió corriendo del bosque

Раптом з лісу вибіг лакей

Vestía un uniforme especial

Він був одягнений у спеціальну ліврею

A juzgar solo por su rostro, ella lo habría llamado pez

Судячи тільки з його обличчя, вона назвала б його рибою

Y golpeó fuertemente la puerta con los nudillos

І він голосно грюкнув у двері кісточками пальців

La puerta fue abierta por otro lacayo

Двері відчинив інший лакей

Este lacayo también llevaba una librea especial

Цей лакей теж був одягнений у спеціальну ліврею

Este lacayo tenía una cara redonda y ojos grandes como los de una rana

У цього лакея було кругле обличчя і великі, як у жаби, очі

El lacayo, que parecía un pez, inició la ceremonia

Ініціатором церемонії був лакей, схожий на рибу

Sacó algo de debajo de su brazo

Він витягнув щось з-під пахви

Y sacó de debajo del brazo un sobre

І він витяг з-під пахви конверт

Y este sobre se lo entregó al otro lacayo

І цей конверт він передав другому лакеєві

En tono ceremonioso le comunicó las órdenes

Урочистим тоном він переказав йому накази

"Este mensaje es para la duquesa"

"Це послання для герцогині"

"Una invitación de la reina a jugar al croquet"

"Запрошення від королеви пограти в крокет"

El lacayo, que parecía una rana, repitió la orden

Лакей, схожий на жабу, повторив наказ

"De la Reina"

"Від королеви"

"Una invitación"

"Запрошення"

"para la duquesa"

"для герцогині"

"Jugar al croquet"

"Гра в крокет"

Entonces ambos se inclinaron profundamente

Тоді вони обоє низько вклонилися

y los rizos de sus pelucas se enredaron

І кучері в їхніх перуках сплуталися докупи

Pronto el lacayo que parecía un pez se había ido

Незабаром лакей, схожий на рибу, зник

Pero el lacayo que parecía una rana todavía estaba allí

Але лакей, схожий на жабу, все ще був там

Estaba sentado en el suelo, cerca de la puerta

Він сидів на землі біля дверей

Estaba mirando estúpidamente al cielo

Він тупо дивився в небо

Alicia se acercó tímidamente a la puerta y llamó

Аліса несміливо підійшла до дверей і постукала

—Es inútil llamar a la puerta —dijo el lacayo—

— Немає сенсу стукати, — сказав лакей

"Y eso es por dos razones"

"І це з двох причин"
"Primero, porque estoy del mismo lado de la puerta que tú"
«По-перше, тому що я по той же бік дверей, що і ти»
"En segundo lugar, porque están haciendo mucho ruido dentro"
"По-друге, тому що вони так багато шумлять всередині"
"Nadie podría escucharte"
«Тебе ніхто не міг почути»
Y, ciertamente, había un ruido extraordinario en su interior
І всередині, безперечно, здійнявся надзвичайний шум
un aullido y estornudos constantes
постійне виття і чхання
y de vez en cuando se oye un gran estruendo
І раз у раз долинав звук сильного гуркоту
como si un plato o una tetera se hubieran roto en pedazos
Наче тарілку чи чайник розбили на шматки
-¿Cómo voy a entrar? -preguntó Alicia
«Як мені туди потрапити?» — запитала Аліса
—¿Deberías entrar? —dijo el lacayo—
— А тобі взагалі лізти? — спитав лакей
"Esa es la primera pregunta, ya sabes"
"Це перше питання, ви знаєте"
Alicia abrió la puerta y entró
Аліса відчинила двері і зайшла всередину
La puerta conducía directamente a una gran cocina
Двері вели прямо у велику кухню
La cocina estaba llena de humo de un extremo a otro
У кухні від одного кінця до іншого йшов дим
en medio de la cocina estaba la duquesa
посеред кухні стояла герцогиня
Estaba sentada en un taburete de tres patas
Вона сиділа на триногому табуреті
Y ella estaba amamantando a un bebé
І вона годувала дитину
El cocinero estaba inclinado sobre el fuego
Кухар схилився над вогнем
Estaba removiendo un gran caldero

Він ворушив великий котел

y el caldero parecía estar lleno de sopa

А в казанку, здавалося, було повно юшки

"¡Ciertamente hay demasiada pimienta en esa sopa!" —se dijo Alicia

— У тому супі точно забагато перцю! — сказала сама до себе Аліса

Lo dijo lo mejor que pudo, sin estornudar

Вона сказала це, як могла, не чхнувши

Incluso la duquesa estornudaba de vez en cuando

Навіть герцогиня час від часу чхала

Pero las acciones del bebé fueron las más notables

Але найбільшої уваги заслуговували вчинки малюка

El bebé estornudaba y aullaba alternativamente

Малюк чхав і вив по черзі

No hubo un momento de pausa entre aullidos y estornudos

Між виттям і чханням не було ні хвилини паузи

Había dos criaturas en la cocina que no estornudaban

На кухні було дві істоти, які не чхали

El cocinero estaba demasiado ocupado para estornudar

Кухар був надто зайнятий, щоб чхнути

Y al gran gato no pareció importarle el pimiento

А великий кіт, схоже, був не проти перцю

En cambio, el gran gato sonreía de oreja a oreja

Замість цього великий кіт посміхався від вуха до вуха

-Por favor, ¿podría decírmelo -dijo Alicia, un poco tímidamente-

- Скажіть, будь ласка, - сказала Аліса трохи несміливо

"¿Por qué tu gato sonríe así?"

— Чому твоя кішка так посміхається?

-Es un gato de Cheshire -dijo la duquesa-

— Це Чеширський Кіт, — сказала герцогиня

"Y por eso está sonriendo de oreja a oreja"

"І тому він посміхається від вуха до вуха"

"No sabía que un gato de Cheshire siempre sonreía"

«Я не знала, що Чеширський Кіт завжди посміхається»

—De hecho, no sabía que los gatos podían sonreír —dijo

Alicia—
— Насправді я не знала, що коти можуть усміхатися, — сказала Аліса

-Hay muchas cosas que no sabes -dijo la duquesa-
— Є багато чого, чого ти не знаєш, — сказала герцогиня

"Hay muchas cosas que no sabes y eso es un hecho"
«Є багато чого, чого ви не знаєте, і це факт»

En ese momento, el cocinero retiró el caldero de sopa del fuego
Саме тоді кухар зняв з вогню котел з супом

Y en seguida se puso a tirar todo lo que estaba a su alcance
І відразу ж почала кидати все, що було їй під силу

arrojó todo lo que pudo a la duquesa y al bebé
вона кинула все, що могла, на герцогиню і немовля

Primero arrojó los hierros de fuego
Спочатку вона кинула вогняні праски

Luego tiró un puñado de cacerolas
Тоді вона кинула жменю каструльок

y finalmente tiró los platos y las fuentes
І нарешті вона кинула тарілки і тарілки

La duquesa no le hizo caso
Герцогиня не звернула на неї уваги

Incluso cuando fue golpeada por un plato, no se preocupó
Навіть коли її вдарило тарілкою, вона не хвилювалася

El bebé ya estaba aullando tanto
Малюк вже так сильно вив

Así que era imposible decir si los golpes lastimaban al bebé o no
Так що сказати, боляче від ударів дитині чи ні, було неможливо

—¡Oh, por favor, ten cuidado con lo que estás haciendo! — exclamó Alicia—
«Ой, будь ласка, зважай, що ти робиш!» — вигукнула Аліса

Y saltaba de un lado a otro en una agonía de terror
І вона стрибала вгору і вниз в агонії жаху

la duquesa le ofreció a Alicia el bebé

герцогиня запропонувала Алісі немовля

"¡Aquí! ¡Puedes amamantar un poco al bebé, si quieres!"

— Ось! Ви можете трохи годувати дитину, якщо хочете!»

Y le arrojó al bebé mientras hablaba

І вона жбурнула в неї немовля, коли вона говорила

"Tengo que ir a prepararme para jugar al croquet con la reina"

"Я мушу піти і приготуватися до гри в крокет з королевою"

Y se apresuró a salir de la habitación

І вона поспішила з кімнати

Alicia atrapó al bebé con cierta dificultad

Аліса насилу зловила малюка

porque era una criatura de forma muy extraña

Тому що це було дуже дивної форми маленьке створіння

Y el bebé extendió los brazos y las piernas en todas direcciones

А малюк простягав ручки і ніжки на всі боки

«Será mejor que me lleve a este niño conmigo», pensó Alicia

"Краще я заберу цю дитину з собою", - подумала Аліса

"Seguro que matarán a este bebé en uno o dos días"

«Вони обов'язково вб'ють цю дитину за день-два»

—¿No sería un asesinato dejar atrás a este bebé?

«Чи не було б вбивством залишити цю дитину позаду?»

Dijo las últimas palabras en voz alta

Останні слова вона сказала вголос

Y la cosita gruñó en respuesta

І малий буркнув у відповідь

—Será mejor que no te conviertas en un cerdo, querida — dijo Alicia—

- Краще не перетворюватися на свиню, моя люба, - сказала Аліса

"o de lo contrario no tendré nada más que ver contigo"

"або я більше не матиму з тобою нічого спільного"

Alicia empezaba a pensar para sí misma:

Аліса тільки починала думати:

"Ahora, ¿qué voy a hacer con esta criatura cuando la lleve a casa?"

— Що ж мені робити з цим створінням, коли я принесу
його додому?
**Pero entonces la pequeña criatura gruñó un poco
violentamente**
Але потім маленьке створіння трохи люто буркнуло
y Alicia lo miró a la cara con cierta alarma
І Аліса в якійсь тривозі подивилася йому в обличчя
Esta vez no podía haber error al respecto
Цього разу не могло бути помилки
No era ni más ni menos que un cerdo
Це було не багато і не мало свині
Así que dejó a la pequeña criatura en el suelo
І вона посадила маленьке створіння
**y la pequeña criatura se aleja trotando tranquilamente hacia
el bosque**
І маленьке створіння тихо побігло в ліс
Alicia se sintió bastante aliviada al ver que la criatura se iba
Аліса відчула неабияке полегшення, побачивши, що
створіння зникло
Alicia se sobresaltó un poco al ver al Gato de Cheshire
Аліса трохи здивувалася, побачивши Чеширського Кота
**Estaba sentado en la rama de un árbol a pocos metros de
distancia**
Він сидів на гілці дерева за кілька метрів від нього
El gato solo sonrió cuando la vio
Кіт тільки посміхнувся, побачивши її
**—Gato de Cheshire —empezó Alicia, bastante
tímidamente—**
- Чеширський кіт, - досить несміливо почала Аліса
**—¿Podría decirme, por favor, qué camino debo tomar desde
aquí?**
— Скажіть, будь ласка, яким шляхом я маю йти звідси?
—En esa dirección —dijo el gato—
— У той бік, — сказав кіт
Y agitó la pata derecha
І махнув правою лапою
"En esa dirección vive un fabricante de sombreros"

«У тому напрямку живе виробник капелюхів»
Y entonces el gato agitó su otra pata
І тут кіт махнув другою лапою
"Y en esa dirección vive una liebre de marzo"
"А в тому напрямку живе похідний заєць"
"Visita a cualquiera de los que quieras; los dos están locos"
"Приходьте в гості, як вам подобається; Вони обоє збожеволіли"
—Pero yo no quiero andar entre locos —comentó Alicia—
— Але я не хочу йти серед божевільних, — зауважила Аліса
—Oh, no puedes evitarlo —dijo el Gato—
— Ой, нічого не вдієш, — сказав Кіт
"Aquí estamos todos locos"
"Ми всі тут божевільні"
"¿Vas a jugar al croquet con la reina hoy?"
— Ти сьогодні граєш у крокет з королевою?
—Me gustaría mucho —dijo Alicia—
— Я б дуже хотіла, — сказала Аліса
"pero todavía no me han invitado"
"Але мене ще не запросили"
—Allí me verás —dijo el Gato—
— Ти мене там побачиш, — сказав Кіт
Y de un momento a otro el gato desapareció
І від однієї миті до іншої кіт зникав
pronto Alicia llegó a la vista de la casa de la liebre de marzo
Незабаром Аліса потрапила в поле зору будиночка маршового зайця
Era una casa muy grande
Це був дуже великий будинок
así que Alicia no quiso acercarse a la casa
Тому Аліса не хотіла підходити до будинку
Primero tuvo que mordisquear un poco más del trozo de champiñón del lado izquierdo
Спочатку їй довелося відгризти ще трохи лівого бічного шматочка гриба

Una fiesta de té loca
Божевільне чаювання

Delante de la casa había un árbol

Перед будинком росло дерево

y debajo del árbol había una mesa

А під деревом стояв стіл

y la mesa estaba puesta con toda clase de cubiertos

А на столі було заставлено всякими столовими приборами

La Liebre de Marzo y el Sombrerero estaban sentados a la mesa

За столом сиділи березневий заєць і капелюшник

y juntos estaban tomando el té

І вони разом пили чай

Un lirón estaba sentado entre ellos

Між ними сиділа соня

y el lirón se durmió profundamente

А соня міцно спала

La mesa era de un tamaño extraordinario

Стіл був надзвичайних розмірів

Pero la mayor parte de la mesa estaba desocupada

Але більша частина столу була незайнята

Se sentaron apiñados en una esquina de la mesa

Вони тісно сиділи один до одного в одному кутку столу

y, sin embargo, se excusaban cuando veían a Alicia

і все ж вони виправдовувалися, побачивши Алісу

"¡No hay espacio! ¡No hay lugar!", gritaron

"Немає місця! Немає місця!» — кричали вони

-¡Hay sitio de sobra! -exclamó Alicia indignada-

- Тут багато місця, - обурено сказала Аліса

En un extremo de la mesa había un gran sillón

На одному кінці столу стояло велике крісло

y Alicia se sentó en el sillón

А Аліса сама сіла в крісло

El sombrerero abrió mucho los ojos

Капелюшник широко розплющив очі

No podía creer lo que estaba viendo

Він не міг повірити в те, що бачив

Pero su mente tenía curiosidad por otras cosas

Але його розум цікавився іншими речами

—¿Por qué un cuervo es como un escritorio?

— Чому ворон подібний до письмового столу?

Alicia estaba abierta al reto

Аліса була відкрита до виклику

"Me alegro de que hayan empezado a hacer adivinanzas"

"Я радий, що вони почали загадувати загадки"

—Creo que puedo adivinarlo —añadió en voz alta—

— Гадаю, я можу це здогадатися, — додала вона вголос

La liebre de marzo sintió curiosidad por Alicia

Маршовий заєць зацікавився Алісою

"¿De verdad crees que puedes encontrar la respuesta?"

— Ти справді думаєш, що зможеш знайти відповідь?

—Creo que puedo encontrar la respuesta —dijo Alicia—

— Гадаю, я справді зможу знайти відповідь, — сказала Аліса

—Entonces deberías decir lo que quieres decir —prosiguió la liebre de la marcha—

— Тоді ти мусиш сказати, що маєш на увазі, — вів далі маршовий заєць

—Digo lo que quiero decir —respondió Alicia apresuradamente—

- Я кажу, що маю на увазі, - квапливо відповіла Аліса

"por lo menos quiero decir lo que digo"

"принаймні я маю на увазі те, що кажу"

"Es lo mismo, ¿sabes?"

"Це одне й те саме, розумієте"

El lirón también contribuyó a la conversación

Свою лепту в розмову внесла і соня

Pero el lirón parecía estar hablando en sueños

Але сонь, здавалося, розмовляла уві сні

"Respiro cuando duermo"

«Я дихаю, коли сплю»

"¡Duermo cuando respiro!"

«Я сплю, коли я дихаю!»

"Bien podría decirse que también son lo mismo"

"Можна сказати, що вони теж однакові"
-A ti te pasa lo mismo -dijo el sombrerero-
— Те ж саме і з вами, — сказав капелюшник
Y echó un poco de té en la nariz del lirón
I він налив трохи чаю на ніс соні
El Lirón sacudió la cabeza con impaciencia
Соні нетерпляче похитала головою
Y volvió a hablar el Lirón, sin abrir los ojos
I знову заговорила сонь, не розплющуючи очей
"Por supuesto, por supuesto que es lo mismo"
"Звичайно, звичайно, це одне й те саме"
"eso es justo lo que iba a decir yo mismo"
"Саме так я і збирався сказати"

El sombrerero se volvió hacia Alicia y le hizo otra pregunta
Виробник капелюхів обернувся до Аліси і поставив ще
одне запитання
—¿Ya has adivinado el enigma?
— Ти вже відгадав загадку?
—No, me rindo —concedió Alicia—
— Ні, я здаюся, — погодилася Аліса
"¿Cuál es la respuesta?", quiso saber
«Яка відповідь?» — хотіла вона знати
—No tengo la menor idea —dijo el sombrerero—
— Я не маю ані найменшого уявлення, — сказав
капелюшник
-Ni yo lo sé -dijo la liebre-
— І я не знаю, — сказав заєць
Alicia dio un suspiro de cansancio
Аліса стомлено зітхнула
**"Hay mejores usos del tiempo que los enigmas sin
respuestas"**
«Є краще використання часу, ніж загадки без відповідей»
**-¡Toma un poco más de té! -dijo la liebre a Alicia, muy
seriamente-**
— Випий ще чаю, — дуже серйозно сказав Алісі
березневий заєць
Alicia se sintió bastante ofendida por la oferta
Аліса неабияк образилася на таку пропозицію
—Todavía no he tomado el té —respondió Alicia—
- Я ще не пила чаю, - відповіла Аліса
"por lo tanto, no puedo tomar más té"
"Тому я не можу більше пити чай"
**—Quieres decir que no puedes tomar menos té —dijo el
sombrerero—**
— Ти маєш на увазі, що не можна пити менше чаю, —
сказав капелюшник
"Es muy fácil llevarse más que nada"
"Дуже легко взяти більше, ніж нічого"
Al oír esto, Alicia se levantó y se marchó
На це Аліса підвелася і пішла

El lirón se durmió al instante

Соні вмить заснула

y ninguno de los otros hizo la menor atención de que ella se fuera

І жоден з інших не звернув на неї анінайменшої уваги

aunque miró hacia atrás una o dos veces

Хоч вона озирнулася раз чи два назад

Intentaban meter el lirón en la tetera

Вони намагалися посадити соню в чайник для заварювання

-De todos modos, ¡no volveré a ir allí! -dijo Alicia-

"У всякому разі, я більше ніколи туди не поїду!" - сказала Аліса

Y ella caminó su camino a través del bosque

І пішла вона лісом

"Esa fue la fiesta del té más estúpida a la que he ido en mi vida"

"Це було найдурніше чаювання, на якому я коли-небудь був"

Justo cuando dijo esto, notó algo

Як тільки вона це сказала, дещо помітила

Uno de los árboles tenía una puerta que daba directamente a él

На одному з дерев прямо в нього вели двері

"¡Eso es muy interesante!", pensó

«Це дуже цікаво!» — подумала вона

"Creo que es mejor que pase por la puerta"

"Я думаю, що я можу зайти в двері"

Y entró por la puerta

І через двері вона увійшла

Una vez más se encontró en el largo pasillo

Вона знову опинилася в довгому залі

De nuevo estaba cerca de la mesita de cristal

Вона знову наблизилася до маленького скляного столика

Ella tomó la pequeña llave de oro

Вона взяла маленький золотий ключик

Y abrió la puerta que daba al jardín

І вона відімкнула двері, що вели в сад
Luego se puso manos a la obra mordisqueando el hongo
Потім взялася до роботи, гризучи гриб
Había guardado un trozo de la seta en el bolsillo
Вона тримала шматочок гриба в кишені
Y, por último, medía alrededor de un metro de altura
І нарешті вона була близько метра на зріст
Luego caminó por el pequeño pasillo
Потім вона пішла маленьким коридором
Y entonces finalmente se encontró en el hermoso jardín
І ось вона нарешті опинилася в прекрасному саду
y ella estaba entre la flor brillante y las fuentes frescas
І вона була серед яскравої квітки і прохолодних фонтанів

El campo de croquet de la reina

Майданчик для крокету королеви

Un gran rosal se alzaba cerca de la entrada del jardín

Біля входу в сад стояла велика троянда

Las rosas que crecían en el árbol eran blancas

Троянди, що росли на дереві, були білого кольору

Pero había tres jardineros pintando la rosa

Але було троє садівників, які фарбували троянду

Estaban ocupados pintando las rosas de rojo

Вони діловито фарбували троянди в червоний колір

y Alicia los miraba pintar las rosas de rojo

а Аліса дивилася, як вони фарбують троянди в червоний колір

y de repente sus ojos se posaron por casualidad en Alicia

і раптом їхні очі випадково впали на Алісу

Alicia habló un poco tímidamente

— трохи несміливо промовила Аліса

—¿Podría decírmelo, por favor?

— Чи не могли б ви сказати мені, будь ласка?

"¿Por qué están pintando todas esas rosas?"

— Чому ви всі малюєте ці троянди?

Cinco y siete no dijeron nada, pero miraron a dos

П'ятеро і сім нічого не сказали, а подивилися на двох

Dos hablaron, en voz baja

— тихим голосом заговорили двоє

"Vaya, el hecho es que ya lo ve, señora"

— Річ у тім, що бачиш, пані.

"Esto de aquí debería haber sido un rosal rojo"

"Це мало бути червоне рожеве дерево"

"Y pusimos un rosal blanco por error"

«І ми помилково посадили біле рожеве дерево»

"Como estarás de acuerdo, la Reina no debe enterarse"

"Як ви погодитеся, королева не повинна про це дізнатися"

"De lo contrario, nos cortarían la cabeza a todos"

"Інакше нам би всім відрубали голови"

"Así que ya ve, señora, estamos haciendo lo mejor que podemos"

"Отже, бачите, пані, ми робимо все можливе"
La Carta Cinco había estado mirando ansiosamente a través del jardín
Карта п'ята занепокоєно дивилася на весь город
En ese momento, la carta cinco gritó: "¡La reina! ¡La reina!"
У цей момент карта п'ята вигукнула: «Королева! Королева!»
Y los tres jardineros se escabulleron al instante
І троє садівників миттю помчали геть
Y se arrojaron de bruces
І вони кинулися долілиць своїми
Se oyó el sonido de muchos pasos
Почулося багато кроків
Alicia miró a su alrededor, ansiosa por ver a la reina
Аліса озирнулася навколо, прагнучи побачити королеву
Al comienzo de la procesión había diez soldados
На початку процесії стояло десять воїнів
Sus manos y pies estaban en las esquinas
Їхні руки й ноги були по кутках
y en sus manos y pies había garrotes
А в їхніх руках і ногах були палиці
Luego vinieron los diez cortesanos
Далі йшли десять придворних
Los cortesanos estaban adornados con diamantes
Придворні були всюди прикрашені діамантами
Después de los cortesanos venían los hijos reales
Слідом за придворними прийшли і королівські діти
Eran diez los hijos de la realeza
Царських дітей було десятеро
y todos los niños reales estaban adornados con corazones
І всі царські діти були прикрашені серцями
Luego vinieron los invitados; en su mayoría reyes y reinas
Далі йшли гості; В основному королі і королеви
y entre los reyes y la reina, Alicia vio a alguien
і серед королів і королеви Аліса побачила когось
Volvió a ver al conejo blanco que había perseguido
Вона знову побачила білого кролика, за яким гналася

La procesión fue seguida por la sota de los corazones
За процесією йшов покров сердець
Llevaba la corona del rey
Він ніс корону короля
y la corona del rey estaba sobre un cojín de terciopelo
carmesí
А корона короля була на багряній оксамитовій подушці
Y entonces llegó el final de esta gran procesión
І ось настав кінець цієї грандіозної процесії
Y allí, al final, estaban el Rey y la Reina de Corazones
І там в кінці були король і королева сердець
la procesión venía frente a Alicia
процесія йшла навпроти Аліси
Y todos se detuvieron y la miraron
І всі вони зупинилися і подивилися на неї
Y la reina dijo severamente: "¿Quién es éste?"
І суворо сказала цариця: "Хто це?"
Se lo dijo a la Sota de Corazones
Вона сказала це Кницеві Сердець
Pero él se limitó a hacer una reverencia y a sonreír en
respuesta
Але він лише вклонився і посміхнувся у відповідь
Alicia habló muy cortésmente
Аліса говорила дуже ввічливо
"Mi nombre es Alicia, así que por favor, su majestad"
"Мене звуть Аліса, тож будь ласка, ваша величність"
Pero ella tenía otros pensamientos para sí misma
Але в неї були інші думки
"¡Después de todo, son solo un mazo de cartas!"
— Зрештою, це лише колода карт!
"¿Sabes jugar al croquet?", gritó la reina
«Ти вмієш грати в крокет?» — вигукнула королева
Era evidente que la pregunta iba dirigida a Alicia
Питання, очевидно, було призначене для Аліси
-¡Sí! -dijo Alicia en voz alta-
- Так, - голосно сказала Аліса
—¡Ven a jugar! —rugió la reina—

«Тоді ходімо грати!» — заревіла королева

una voz tímida le habló a Alicia

— промовив до Аліси несміливий голос

"¡Es un día muy hermoso!"

«Дуже гарний день!»

Caminaba junto al conejo blanco

Вона йшла біля білого кролика

y el Conejo Blanco la miraba ansiosamente a la cara

і Білий Кролик тривожно заглядав їй в обличчя

—Un día muy bueno —confirmó Alicia—

— Справді дуже гарний день, — підтвердила Аліса

—¿Dónde está la duquesa?

— А де ж герцогиня?

"¡Silencio! ¡Silencio!", dijo el Conejo

— Тихіше! Тихіше!» — сказав Кролик

"Está condenada a muerte"

"Вона засуджена до розстрілу"

—¿Por qué la ejecutan? —preguntó Alicia

«За що її страчують?» – запитала Аліса

—Le ha rayado las orejas a la reina —empezó a decir el conejo—

— Вона потерла вуха королеві, — почав кролик

—gritó la Reina con voz de trueno—

— крикнула королева голосом грому

"¡Vayan a sus lugares!"

— Ідіть на свої місця!

Y la gente empezó a correr en todas direcciones

І люди почали бігати на всі боки

y todos tropezaron unos con otros

І всі вони попадали один на одного

Sin embargo, se calmaron en uno o dos minutos

Щоправда, за хвилину-другу вони влаштувалися

Y entonces comenzó el juego

І тут почалася гра

Alicia nunca había visto un campo de croquet tan curioso

Аліса ніколи не бачила такого цікавого майданчика для крокету

La hierba era todo crestas y surcos

Трава була вся гребенем і борознами

Las bolas de croquet eran erizos de verdad

Крокетні кульки були справжніми їжаками

y los mazos eran flamencos de verdad

А молотки були справжніми фламінго

Y los soldados se pusieron de pie sobre sus manos y sus pies

І воїни стояли на руках та ногах своїх

porque los arcos estaban hechos de sus cuerpos

Тому що арки були зроблені з їхніх тіл

Todos los jugadores jugaron a la vez

Гравці всі грали одразу

Nadie esperó su turno

Своєї черги ніхто не чекав

y todos se peleaban con todos

І всі посварилися з усіма

y todos luchaban por los erizos

І всі билися за їжаків

Pronto la reina se vio presa de una furiosa pasión

Незабаром королеву охопила шалена пристрасть

Y empezó a patalear y a gritar

І вона почала тупотіти і кричати

"¡Córtale la cabeza!"

— Відрубати йому голову!

"¡Córtale la cabeza!"

— Відрубати їй голову!

"¡Córtale la cabeza a todos!"

— Відрубати їм усі голови!

De nuevo Alicia pensó para sí misma

Знову подумала Аліса

"Son terriblemente aficionados a decapitar a la gente aquí"

«Тут страшенно люблять обезголовлювати людей»

"¡La gran maravilla es que quede alguien vivo!"

«Велике диво в тому, що в живих залишився хтось!»

Buscaba alguna vía de escape

Вона шукала якийсь спосіб втечі

Notó una curiosa apariencia en el aire

Вона помітила в повітрі цікаву появу
«Es el gato de Cheshire», se dijo a sí misma
— Це Чеширський кіт, — сказала вона сама до себе
"Ahora tendré a alguien con quien hablar"
"Тепер мені буде з ким поговорити"
—¿Cómo te va? —preguntó el gato
«Як ти живеш?» — спитав кіт
—No creo que jueguen nada limpio —dijo Alicia—
"Я не думаю, що вони грають чесно", - сказала Аліса
Y tenía un tono bastante quejumbroso
І в неї був досить скаржливий тон
"Todos se pelean tan terriblemente"
"Вони всі так страшенно сваряться"
"Uno no se oye hablar"
«Не чути, як сам говорить»
"Y no parecen jugar con ninguna regla"
"І вони, здається, не грають за жодними правилами"
el gato le hizo una pregunta a Alicia en voz baja
кіт тихим голосом запитав Алісу
—¿Qué te parece la reina?
— Як тобі королева?
—No me gusta nada —dijo Alicia—
- Вона мені зовсім не подобається, - сказала Аліса

Alicia pensó que sería mejor que volviera

Аліса подумала, що з таким же успіхом могла б повернутися назад

Quería ver cómo iba el partido

Вона хотіла подивитися, як проходить гра

Se fue en busca de su erizo

Вона вирушила на пошуки свого їжачка

El erizo estaba ocupado luchando contra otro erizo

Їжачок був зайнятий боротьбою з іншим їжачком

Esta fue una excelente oportunidad

Це була чудова нагода

Podía hacer croquet a un erizo con el otro

Вона могла переплітати одного їжачка з іншим

Pero su flamenco estaba al otro lado del jardín

Але її фламінго був по той бік саду

El flamenco era bastante torpe

Фламінго був досить незграбним

Su flamenco intentaba volar hacia un árbol

Її фламінго намагався злетіти на дерево

Atrapó al flamenco por la pierna

Вона спіймала фламінго за ногу

Y guardó el flamenco bajo el brazo

І вона сховала фламінго під пахву

De esa manera, el flamenco no pudo escapar de nuevo

Так фламінго більше не міг втекти

Justo en ese momento Alicia se encontró con la duquesa

Саме тоді Аліса випадково познайомилася з герцогинею

La duquesa ya había salido de la cárcel

Тепер герцогиня вийшла з в'язниці

Metió cariñosamente su brazo bajo el brazo de Alicia

Вона ласкаво засунула руку під пахву Аліси

Y luego se fueron juntos

А потім вони разом пішли

Alicia se alegró mucho de encontrarla de tan buen humor

Аліса дуже зраділа, що застала її в такому приємному настрої

Sin embargo, estaba un poco asustada

Однак вона була трохи здивована

Oyó la voz de la duquesa cerca de su oído

Вона почула близько до вуха голос герцогині

"Estás pensando en algo, querida"

"Ти про щось думаєш, мій любий"

"Y eso hace que te olvides de hablar"

"І це змушує вас забувати говорити"

—El juego va bastante mejor ahora —dijo Alicia—

"Зараз гра йде набагато краще", - сказала Аліса

Era una forma de mantener la conversación

Це був один із способів підтримати розмову

-Así es -dijo la duquesa-

— Це справді так, — сказала герцогиня

"Y la moraleja de eso es esta:"

"І мораль цього така: "

"¡Es el amor el que lo hace todo!"

«Це любов робить все!»

"El amor es lo que hace que el mundo gire"

«Любов – це те, що змушує світ рухатися»

Alicia tenía otra explicación

Алісі було інше пояснення

"¡Lo hace todo el mundo ocupándose de sus propios asuntos!"

«Це робить кожен, хто займається своєю справою!»

—¡Ah, bueno! Podrías tener razón"

— А-а-а-а! Можливо, ви маєте рацію"

-Todo significa lo mismo -dijo la duquesa-

— Усе це означає приблизно одне й те саме, — сказала герцогиня

y hundió su afilada barbilla en el hombro de Alicia

і вона вп'ялася своїм гострим маленьким підборіддям у плече Аліси

"Y la moraleja de eso es esta"

"І мораль цього така"

"Cuida el sentido"

«Дбайте про почуття»

"Y entonces los sonidos se encargarán de sí mismos"

"І тоді звуки самі про себе подбають"
Pero entonces el brazo de la duquesa empezó a temblar
Але тут у герцогині почала тремтіти рука
Alicia alzó la vista y allí estaba la reina
Аліса підвела очі, а там стояла королева
La reina tenía los brazos cruzados
Королева склала руки
¡Y ella fruncía el ceño como una tormenta eléctrica!
І вона хмурилася, як гроза!
—Te advierto —gritó la reina—
— Я вас справедливо попереджаю, — вигукнула королева
Y pisoteó el suelo mientras hablaba
І вона тупотіла по землі, коли говорила
"O tu cabeza o la suya deben estar cortadas"
"Або у тебе повинна бути відірвана голова, або її голова"
"¡Toma tu decisión!"
«Роби свій вибір!»
"Y ser rápido al respecto"
"І не поспішай"
La duquesa hizo su elección
Герцогиня зробила свій вибір
Y al cabo de un instante la duquesa se fue
І за мить герцогиня зникла
Entonces la reina le habló a Alicia
Тоді королева заговорила з Алісою
"Sigamos con el juego"
"Продовжимо гру"
Alicia estaba demasiado asustada para decir una palabra
Аліса була надто налякана, щоб вимовити хоч слово
Y la siguió lentamente hasta el campo de croquet
І вона повільно пішла за нею спиною до майданчика для крокету
Todo el tiempo la Reina se peleó con los otros jugadores
Весь цей час королева сварилася з іншими гравцями
"¡Córtale la cabeza!"
— Відрубати йому голову!
"¡Córtale la cabeza!"

— Відрубати їй голову!
"¡Córtale la cabeza a todos!"
— Відрубати їм усі голови!
Pronto todos los jugadores estaban bajo custodia
Незабаром всі гравці опинилися під вартою
solo quedaron el rey, la reina y Alicia
залишилися тільки король, королева і аліса
Entonces la reina se marchó, casi sin aliento
Тоді королева пішла, зовсім захекана
y se fue con Alicia
І вона пішла з Алісою
Alicia oyó que el rey decía algo en voz baja
Аліса почула, як король тихо щось сказав
"Estáis todos perdonados"
"Ви всі помилувані"
Pero de repente se oyó otro grito
Але раптом почувся ще один крик
"¡El juicio está comenzando!"
«Суд починається!»
y Alicia corrió con los demás
і Аліса побігла разом з іншими

¿Quién robó las tartas?

Хто вкрав пироги?

El rey y la reina de corazones estaban sentados

Сиділи король і королева сердець

estaban en su trono cuando llegó Alicia

вони були на своєму троні, коли прибула Аліса

Había una gran multitud reunida a su alrededor

Навколо них зібрався великий натовп

Había todo tipo de pajaritos y bestias

Там були всякі маленькі пташки і звірі

Y allí estaba toda la baraja de cartas

І там була ціла колода карт

La sota estaba de pie frente a ellos, encadenada

Перед ними стояв книш, у кайданах

y había un soldado a cada lado para custodiarlo

І був по одному воїну з обох боків, щоб стерегти його

cerca del Rey estaba el conejo blanco

біля короля сидів білий кролик

Tenía una trompeta en una mano

В одній руці він тримав трубу

y tenía un rollo de pergamino en la otra mano

А в другій руці в нього був сувій пергаменту

En el centro del patio había una mesa

Посеред двору стояв стіл

Sobre la mesa había un gran plato de tartas

На столі стояло велике блюдо з пирогів

«Ojalá hicieran el juicio», pensó Alicia

"Я б хотіла, щоб вони довели справу до кінця", —
подумала Аліса

—¡Entonces podríamos comer algunos de esos refrescos!

— Тоді ми могли б з'їсти трохи цих закусок!

El juez, por cierto, era el rey

Суддею, до речі, був король

y llevaba su corona sobre su gran peluca

І він носив свою корону поверх своєї великої перуки

«Ésa es la tribuna del jurado», pensó Alicia

"Це ложа для присяжних", — подумала Аліса

"Y esas doce criaturas, supongo que son los miembros del jurado"

"І ці дванадцять створінь, я гадаю, вони є присяжними"

algunos eran animales y otros eran pájaros

Деякі з них були тваринами, а деякі – птахами

En ese momento el conejo blanco gritó

І тут білий кролик скрикнув

"¡Silencio en la corte!"

— Тиша в суді!

"¡Heraldo, lee la acusación!", dijo el rey

«Віснику, прочитай обвинувачення!» — сказав король

El Conejo Blanco tocó tres veces la trompeta

Білий кролик засурмив у трубу три удари

Luego desenrolló el rollo de pergamino

Потім він розгорнув сувій пергаменту

Y leyó lo siguiente:

А він прочитав таке:

"La reina de corazones, hizo unas tartas"

"Королева сердець, вона приготувала кілька пирогів",

"Todo esto lo hizo en un día de verano"

"Все це вона робила в літній день"

"La sota de los corazones, robó esas tartas"

«Хлопець сердець, він украв ті пиріжки»

—¡Y se llevó esas tartas muy lejos!

— І він відніс ті пиріжки далеко!

—Llama al primer testigo —dijo el rey—

— Покличте першого свідка, — сказав король

y el conejo blanco tocó tres veces la trompeta

І білий кролик засурмив у сурму три удари

"¡Traigan al primer testigo!", gritó

«Приведіть першого свідка!» — вигукнув він

El primer testigo fue el sombrerero

Першим свідком був виробник капелюхів

Entró con una taza de té en una mano

Він увійшов з чашкою чаю в одній руці

Y tenía un pedazo de pan con mantequilla en la otra mano

А в другій руці в нього був шматок хліба та масло

—Tendrías que haber terminado —dijo el rey—

— Треба було скінчити, — сказав король

—¿Cuándo empezaste?

— Коли ти почав?

El sombrerero miró a la liebre de marcha

Капелюшник подивився на маршового зайця

La Liebre de Marzo lo había seguido hasta el patio

Березневий заєць пішов за ним у двір

Había caminado del brazo del lirón

Він ішов під руку з соню

—El catorce de marzo, creo que fue —dijo—

"Чотирнадцятого березня, я думаю, що так і було", - сказав він

—Da tu testimonio —dijo el rey—

— Дайте свої свідчення, — сказав король

"Y no te pongas nervioso, o te haré ejecutar en el acto"

"І не нервуй, а то я тебе страчу на місці"

Esto no pareció animar en absoluto al testigo

Це, схоже, зовсім не підбадьорило свідка

Seguía moviéndose de un pie al otro

Він постійно перевалювався з однієї ноги на іншу

Y miró inquieto a la reina

І він неспокійно глянув на королеву

Y, en su confusión, mordió un gran trozo de su taza de té

І, розгубившись, відкусив великий шматок зі своєї чайної чашки

En realidad, tenía la intención de morder de su pan y mantequilla

Насправді він хотів відкусити свій хліб з маслом

Justo en ese momento, Alicia sintió una sensación muy curiosa

Саме в цей момент Аліса відчула дуже цікаве відчуття

Empezaba a crecer de nuevo

Вона знову починала збільшуватися

Al miserable sombrerero se le cayó la taza de té

Нещасний капелюшник упустив свою чашку з чаєм

y el pan y la mantequilla cayeron al suelo

І хліб з маслом упали на землю

Y cayó sobre una rodilla

І він опустився на одне коліно

—Soy un pobre hombre, majestad —comenzó—

— Я бідна людина, ваша величносте, — почав він

—Eres un orador muy malo —dijo el rey—

— Ти дуже бідний оратор, — сказав король

—Puedes irte —dijo el rey—

— Можеш іти, — сказав король

Y el sombrerero abandonó apresuradamente el patio

І капелюшник квапливо покинув двір

—¡Llama al próximo testigo! —dijo el rey—

«Покличте наступного свідка!» — сказав король

El siguiente testigo fue el cocinero de la duquesa

Наступним свідком став кухар герцогині
Llevaba la caja de pimienta en la mano
Вона несла в руці коробочку з перцем
Y la gente que estaba cerca de la puerta empezó a estornudar de repente
І люди біля дверей одразу почали чхати
—Da tu testimonio —dijo el rey—
— Дайте свої свідчення, — сказав король
-No daré ninguna prueba -dijo el cocinero-
— Я не дам жодних доказів, — сказав кухар
El rey miró ansiosamente al conejo blanco
Король занепокоєно подивився на білого кролика
Y el conejo blanco habló en voz baja
І білий кролик заговорив тихим голосом
"Su Majestad debe interrogar a este testigo"
"Ваша Величність повинна провести перехресний допит цього свідка"
"Bueno, si debo, debo", dijo el rey
— Ну, якщо треба, то мушу, — сказав король
"¿De qué están hechas las tartas?"
«З чого роблять пироги?»
—Las tartas están hechas de pimienta, en su mayoría —dijo el cocinero—
— Пироги переважно з перцю, — сказав кухар
Durante algunos minutos, toda la corte estuvo en confusión
Кілька хвилин весь суд перебував у сум'ятті
Con el tiempo, todos se calmaron de nuevo
Врешті-решт вони всі знову влаштувалися
Pero para entonces el cocinero había desaparecido
Але на той час кухар зник
"¡No importa!", dijo el rey
— Нічого, — сказав король
"Llamar al estrado al próximo testigo"
«Покличте на трибуну наступного свідка»
Alicia observó al conejo blanco mientras él repasaba a tientas la lista
Аліса спостерігала за білим кроликом, поки він перебирав

Puedes imaginar su sorpresa por lo que escuchó a continuación
Ви можете уявити її здивування від того, що вона почула далі
con su vocecita estridente, llamó el nombre de «¡Alicia!»
на весь свій пронизливий голос він гукнув ім'я «Аліса!»

La evidencia de Alicia
Докази Аліси

-¡Aquí! -exclamó Alicia-

- Ось, - вигукнула Аліса

Se levantó de un salto a toda prisa

Вона дуже поспішно схопилася

Y volcó el estrado del jurado

І вона перекинулася через ложу присяжних

y derribó a todos los miembros del jurado

І вона перекинула всіх присяжних

y cayeron sobre las cabezas de la muchedumbre de abajo

І впали вони на голови народу внизу

Alicia estaba muy consternada

Аліса була дуже збентежена

"¡Oh, le ruego que me perdone!", exclamó

«О, я прошу вибачення!» — вигукнула вона

—El juicio no puede continuar —dijo el rey—

— Суд не може продовжуватися, — сказав король

"Los miembros del jurado deben volver a ocupar su lugar"

«Присяжні повинні повернутися на свої місця»

Repitió la orden con gran énfasis

Він повторив наказ з великим наголосом

y miró a Alicia con severidad

і він суворо подивився на Алісу

—¿Qué sabe usted de estos acontecimientos? —preguntó el rey a Alicia

«Що ти знаєш про ці події?» — запитав король у Аліси

—No sé nada sobre el tema —dijo Alicia—

— Я нічого не знаю на цю тему, — сказала Аліса

Entonces el rey leyó de su libro

Потім цар прочитав уривок зі своєї книги

"Regla cuarenta y dos"

"Правило сорок другий"

"Todas las personas que tengan más de una milla de altura deben abandonar el tribunal"

«Усі особи, зростом яких більше ніж миля, повинні залишити суд»

—No mido ni una milla de altura —dijo Alicia—

— Я не маю ні милі зросту, — сказала Аліса

—Casi dos millas de altura —dijo la Reina—

— Майже дві милі заввишки, — сказала королева

—Bueno, me niego a ir —dijo Alicia—

— Ну, я відмовляюся йти, – сказала Аліса

El rey palideció

Король зблід

Y cerró apresuradamente su cuaderno de notas

І він поспіхом закрив свій записник

"Consideren su veredicto", le dijo al jurado

"Розгляньте свій вердикт", - сказав він присяжним

Habló en voz baja y temblorosa

— говорив він низьким, тремтячим голосом

Entonces habló el conejo blanco

Тоді заговорив білий кролик

"Todavía hay más pruebas por venir"

«Ще є більше доказів»

Y se levantó de un salto a toda prisa

І він у великому поспіху схопився
"Este papel acaba de ser recogido"
"Цей папір щойно підібрали"
"Parece ser una carta escrita por el prisionero"
«Здається, це лист, написаний в'язнем»
Desdobló el papel mientras hablaba
Говорячи, він розгортав папір
"Al fin y al cabo, no es una carta"
"Це все-таки не лист"
"Lo que era era un conjunto de versos"
«Це був набір віршів»
—Por favor, majestad —dijo el bribón—
— Будь ласка, ваша величносте, — сказав книш
"Yo no escribí esos versos"
"Я не писав цих віршів"
"y no pueden probar que yo escribí nada"
"і вони не можуть довести, що я щось написав"
"No hay ningún nombre firmado al final"
"В кінці немає підписаного імені"
El rey le habló a la sota
Король заговорив до книша
"Debes haber tenido la intención de causar algún daño"
«Ти, мабуть, хотів спричинити якесь лихо»
**"De lo contrario, habrías firmado con tu nombre como un
hombre honrado"**
«Інакше ти підписав би своє ім'я, як чесна людина»
Hubo un aplauso general
Почулося загальне плескання в долоні
Y el rey se volvió hacia el conejo blanco
І король обернувся до білого кролика
—Lee los versos —ordenó—
— Прочитай вірші, — наказав він
Hubo un silencio sepulcral en la corte
У дворі запала мертва тиша
Y el conejo blanco leyó los versos
І білий кролик зачитав вірші
Me dijeron que habías estado con ella

Вони сказали мені, що ви були у неї

Y me mencionaron a él

І вони згадали про мене перед ним

Ella me dio un buen carácter

Вона дала мені хороший характер

Pero ella dijo que yo no sabía nadar

Але вона сказала, що я не вмію плавати

Les mandó decir que yo no había ido

Він надіслав їм звістку, що я не пішов

Sabemos que es verdad

Ми знаємо, що це правда

Si ella insistiera en el asunto, ¿qué sería de ti?

Якщо вона наполягатиме на цьому, що з вами станеться?

Yo le di uno, ellos le dieron dos

Я дав їй одну, а вона дала йому два

Nos diste tres o más

Ви дали нам три або більше

Todos volvieron de él a ti

Вони всі повернулися від нього до тебе

aunque antes eran míos

Хоча раніше вони були моїми

Si yo o ella tuviéramos la oportunidad de serlo

Якби я чи вона мали шанс бути

Si yo o ella estuviéramos involucrados en este asunto

Якби я чи вона були замішані в цій справі

Él confía en ti para liberarlos

Він довіряє вам, що ви звільните їх

Exactamente como estábamos

Точнісінько так, як ми були

Mi idea era que tú habías sido

Моя думка полягала в тому, що ти був

Antes de que ella tuviera este ataque

Раніше у неї був такий припадок

Un obstáculo que se interpuso entre

Перешкода, яка виникла між

A Él, y a nosotros mismos, y a

Його, і нас самих, і воно

No le dejes saber que a ella le gustaban más

Не давайте йому зрозуміти, що він їй подобається більше

Porque esto debe ser para siempre un secreto, guardado de todos los demás

Бо це навіки має бути таємницею, яку приховують від усіх інших

Este secreto debe seguir siendo un secreto entre tú y yo

Ця таємниця повинна залишатися таємницею між тобою і мною

El rey quedó muy impresionado

Король був дуже вражений

"Esa es la prueba más importante que hemos escuchado hasta ahora"

«Це найважливіший доказ, який ми чули»

—No creo que esos versos tengan un átomo de significado — objetó Alicia—

— Я не вірю, що ці вірші несуть у собі атом сенсу, — заперечила Аліса

el rey tenía su propia opinión al respecto

У короля була своя думка з цього приводу

"Si no hay significado en esas palabras, eso salva un mundo de problemas"

«Якщо в цих словах немає сенсу, це рятує світ неприємностей»

"Entonces no necesitamos tratar de encontrar el significado"

"Тоді нам не потрібно намагатися знайти сенс"

"Que el jurado considere su veredicto"

«Нехай присяжні розглянуть свій вердикт»

-¡No, no! -dijo la reina-

— Ні, ні, — сказала королева

"Primero la sentencia y después el veredicto"

«Спочатку вирок, а потім вирок»

-¡Tonterías y tonterías! -exclamó Alicia en voz alta-

"Дурниці та дурниці!" – голосно сказала Аліса

"¡Qué tontería es sentenciar al acusado primero!"

— Як же безглуздо спочатку виносити вирок підсудному!

—¡Cállate la lengua! —dijo la reina, poniéndose morada—
«Тримай язика за зубами!» — сказала королева, стаючи
фіолетовим
-¡No me callaré! -exclamó Alicia-
"Я не буду тримати язика за зубами!" – сказала Аліса
—gritó la Reina a voz en cuello—
— крикнула королева на весь голос
"¡Córtale la cabeza!"
— Відрубати їй голову!
Nadie hizo un movimiento
Ніхто не зробив жодного руху
-¿A quién le importa lo que digas? -dijo Alicia-
"Кому яке діло, що ти говориш?" - сказала Аліса
**Para entonces ya había crecido hasta alcanzar su tamaño
completo**
До цього часу вона виросла до свого повного розміру
"¡No eres más que un mazo de cartas!"
— Ти не що інше, як колода карт!
Al oír esto, todas las cartas se alzaron en el aire
При цьому всі карти піднялися в повітря

Y todas las cartas cayeron volando sobre ella

I всі карти полетіли на неї

Ella dio un pequeño grito

Вона ледь чутно скрикнула

Estaba medio asustada, pero también enojada

Вона була наполовину налякана, але й зла

Y trató de quitarse las cartas de encima

I вона намагалася відбити карти від себе

Y entonces se encontró tendida en el banco de hierba

I тут вона опинилася лежачи на березі трави

Su cabeza estaba en el regazo de su hermana

Її голова була на колінах у сестри

Algunas hojas muertas habían caído en su cara

На її обличчя впали якісь мертві листи

Y su hermana estaba cepillando suavemente las hojas

А її сестра обережно змахувала листя

-¡Despierta, querida Alicia! -dijo su hermana-

«Прокинься, Алісо дорогенька!» — сказала її сестра

—¡Qué sueño tan largo has tenido!

— Який у вас був довгий сон!

-¡Oh, he tenido un sueño tan curioso! -exclamó Alicia-

- О, мені приснився такий цікавий сон, - сказала Аліса

Y le contó a su hermana todo lo que podía recordar

I вона розповіла сестрі все, що могла пам'ятати

todas las extrañas aventuras sobre las que acabas de leer

Всі дивні пригоди, про які ви тільки що читали

Alicia se levantó y salió corriendo

Аліса підвелася і втекла

Y pensó, mientras corría, en su sueño

I вона думала, поки бігла, про свою мрію

—¡Qué sueño tan maravilloso había sido!

— Який це був чудовий сон!